ひび割れた日常

人類学・文学・美学から考える

奥野克巳・吉村萬壱・伊藤亜紗

AKISHOBO

ひび割れた日常

目次

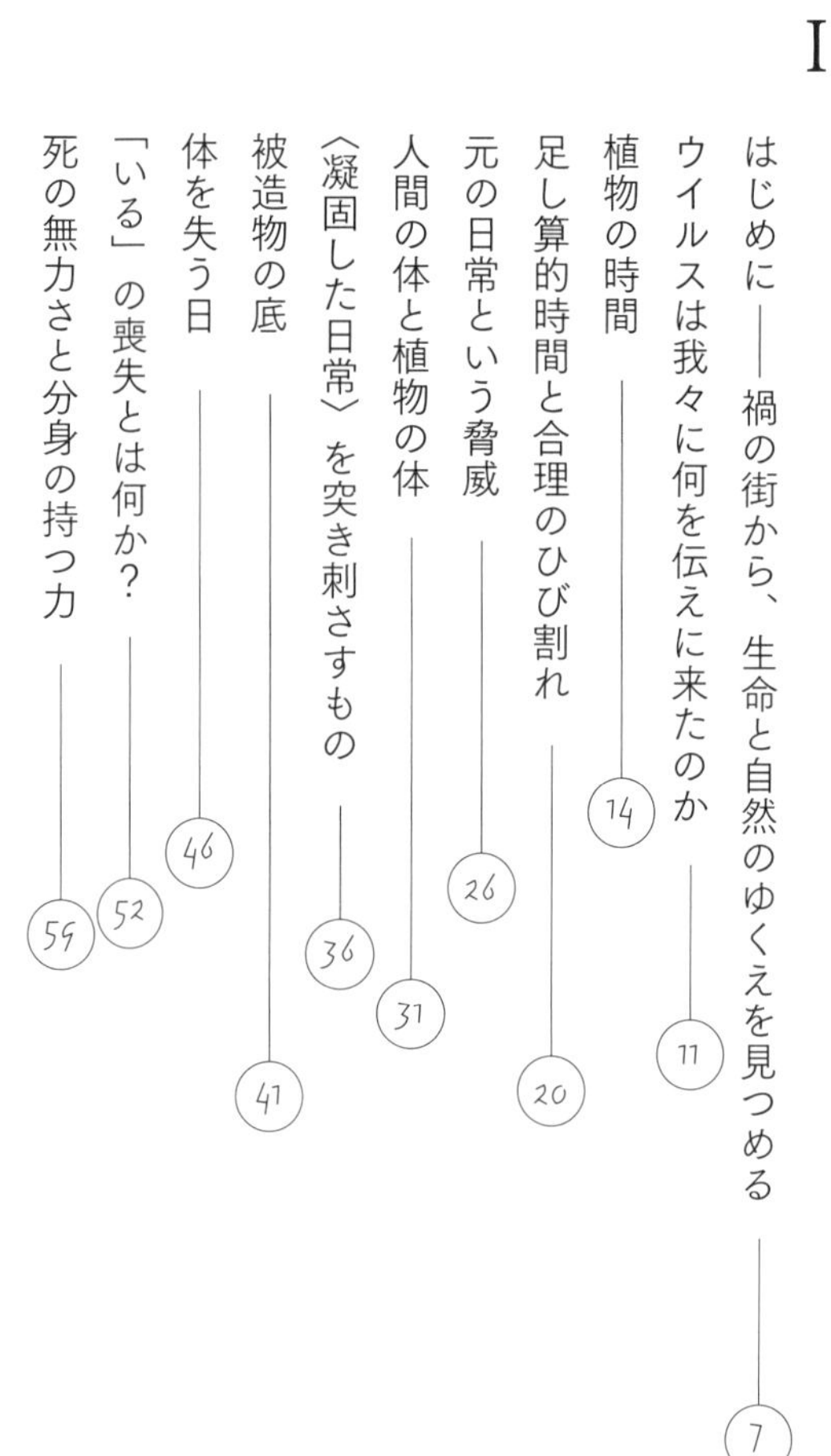

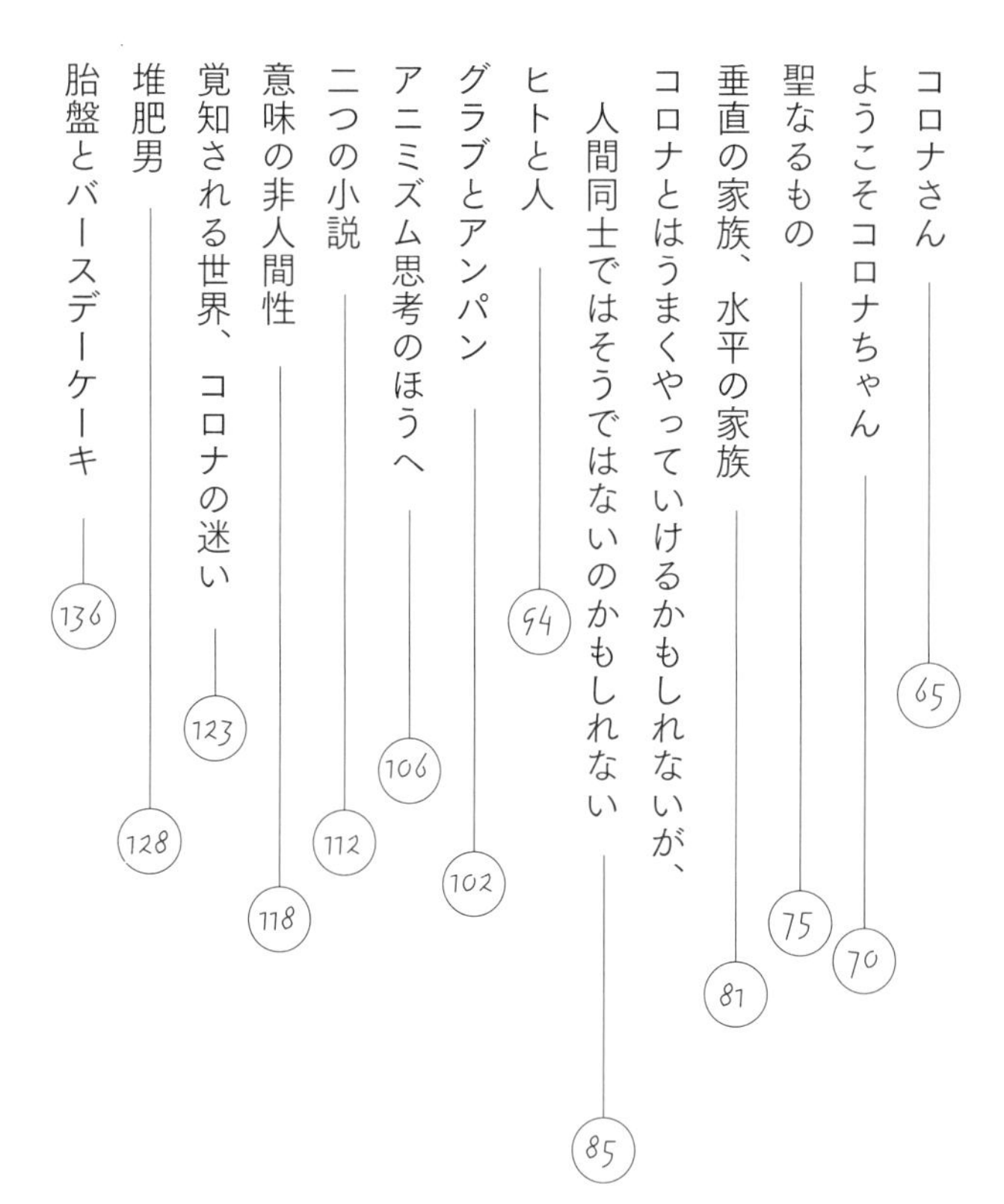

II

リレーエッセイを終えて

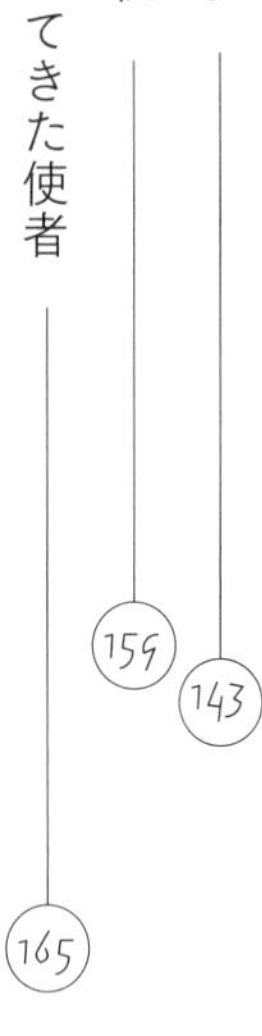

I

はじめに——禍の街から、生命と自然のゆくえを見つめる

Okuno
ANTHROPOLOGIST
2020.4.30

二〇一九年末から二〇二〇年にかけて世界中に広がっている新型コロナウイルス感染症は、私たちの生に計り知れない影響を及ぼしている。

二〇二〇年四月七日の緊急事態宣言の前後から、社会的距離を取ることが政府によって要請され、テレワークやオンライン化が一気に進められた。鉄道の乗車率は激減し、普段の週末には人で溢(あふ)れ返っていた都会の商業地区では人通りがまばらになり、百貨店やショッピングモールは、あるかないかの周知期間のうちに閉店休業してしまっていた。現金収入がなくなった人たちや、経営が立ち行かなくなると予想される企業に対しては、経済保障として、公的資金が投入されつつある。

激変するそうした日常の現実に加えて、先行きへの不安や政府や行政に対する不満の声が連日間断なく届けられる。私は、いつにも増して敏感になり冴え渡ってそれらを見聞きする一方で、いったい何から手を付けて考えていいのやら分からない状況に右往左往することを余儀なくされている。

頭の中だけでは到底整理し、思考し尽くせないまま、ふらりと街に出かけると、真っ青に一面澄み渡る四月の晴空のもと、平日の昼間なのに人通りのない通りを歩くうち、この人のまばらな空間こそが、もともと本源的な人間の住まう場だったのではないかと、ふいに感じられる。つい先頃までの街では、都市文明が肥大化した結果として、私たちは、途轍もない力を持つ何ものかにのしかかられたまま、魔窟の内に囚われて、逃げ出せないでいたのではなかったのかとさえ思われるのだ。

メディアではこのところよく、この禍々しいコロナの沈鬱の時代から脱出できる日が必ず来るはずであり、今はみなが我慢して「ステイ・ホーム」で乗り切る時だ、という言葉が発せられるのを耳にする。「欲しがりません、勝つまでは」という戦時のスローガンを想起させる、そんな惹句に簡単に手なずけられてしまうほど、私たちはこの時点ですでに疲れ切ってしまっているのだろうか。今は待たなければならない、堪えねばならぬと考えるならば、人は為すこともなく、ただ阿呆面を晒すだけだと説く、道元禅師の「時節若至（時が来れば）」の言葉が頭をよぎる。元に復した未来のいつかではなく、今この時が大切なのではないのか。

新型コロナ感染症が急速に広がる中で、私たちはどうしてこんな状況に陥ってしまったのか。いったい今、私たちが真にやらなければならないこと、考えてみなければならないことは、何なのだろうか？

出発点として、薄ぼんやりとした輪郭をもったその思考対象を、ここでは仮に、「生命と自然の問題」と名づけるのはどうだろうか。直観的に、頭だけであれやこれやと考えるのではなく、身体すべてをかけて、自然の中にある、人間を含む生命を見つめ直してみることが、コロナの時代のひとつの道行きだと、言葉で表してみることはできないだろうか。

念頭には、二〇〇六年以来、年二回ずつ通い、通算で六百日以上にわたって、私がともに学んできた、ボルネオ島（マレーシア・サラワク州）の森に住まう狩猟民プナンの暮らしがある。彼らの生命は、動植物たちの生命とともに、森という自然と深く溶け合って、自由に迸っている。新型コロナ感染症の世界的拡大で、彼らに会いに行くことが困難になった今、プナンの生が私の脳裏で明滅する。

だが、この道行きを一人だけで歩んでいくのはかなりの難行であるように思われる。知恵を出し合い、語り合う「友」が必要だ。

きわから「人間」に深々と斬りこんできた傑出した作家・吉村萬壱、それからもう一人、人間の身体の不思議さに分け入って探究を続けている美学者・伊藤亜紗の二人を道連れに、禍の街の外へと通じる道を探す旅へと出掛けよう。これから、生命と自然という私たちの存在の根っこの部分に触れる領域で、思索と対話を重ねてゆきたいと思う。

ウイルスは我々に何を伝えに来たのか

Man-ichi

NOVELIST

2020.5.7

以前なら私のような初老の男は、特に若者達には徹底的に無視されてあたかも風景に過ぎなかったし、私の方も、どんなに近くにいようが歳の離れた若者や老人の存在などはほとんど意識してこなかった。しかし今は、相手がどんな年齢であろうと誰もが他人を意識する。そして、マスクを着けているか、咳やくしゃみをしていないか、体調が悪そうかなどを瞬時に見て取り、感染を恐れて極力距離を取る。目に見えない新型コロナウイルスが、見えていなかった他者を忽然(こつぜん)と可視化し始めた格好である。

その一方、あえて以前と同じように振舞う人もいる。最近、昔の知り合いが仕事場に不意に訪ねて来た。彼はわざわざ私の前でマスクを外し、新型コロナウイルスはフェイクだと主張した。しかし彼自身がどう思おうと、感染を恐れる側からすると、唾を飛ばしながら親しげに近付いてくる存在は誰であれ恐るべきモンスターである。私は彼が帰るなり、執拗に手洗いとうがいをした。しばらくすると気のせいか頭痛がしてきて、もしうつされたのなら絶対に許さないぞと独り叫んだりしていた。多くの小説家がそうであるように、私もまた人一倍臆病で小心者なのである。

このような感染の恐怖に加えて、自粛に伴う経済的問題や、外出できないストレスが重なり多くの人々が精神的に疲弊している。中には危機的な状況に陥っている人もいて、残念ながら自殺者も出た。我々はウイルスとの戦いに早くもうんざりしている。

ところで福岡伸一氏によるとウイルスの歴史は比較的新しく、高等生物の遺伝子の一部が外部に飛び出したものであるという。つまり「ウイルスはもともと私たちのものだった」のだ。ウイルスは我々に外界の情報をもたらして進化を加速させ、「私たち生命の不可避的な一部であるがゆえに、それを根絶したり撲滅したりすることはできない。私たちはこれまでも、これからもウイルスを受け入れ、共に動的平衡を生きていくしかない」（「福岡伸一の動的平衡」朝日新聞、二〇二〇年四月三日付）ということになる。今回の新型コロナは我々に死をもたらす恐ろしいウイルスだが、全体として見ればウイルスと我々はずっと共に生きてきた間柄なのである。また、最も単純な生命体であるウイルスは彼らの為すべきことをしているだけの存在であり、無論、善でもなければ悪でもない。むしろパオロ・ジョルダーノが言うように「ウイルスは、細菌に菌類、原生動物と並び、環境破壊が生んだ多くの難民の一部」(『コロナの時代の僕ら』早川書房、六七頁)なのであってみれば、新型コロナウイルスは平和な森から人間の手によって追いやられた被害者と言えるだろう。

奥野克巳さんから「生命と自然の問題」という提言がなされた。他人をモンスター扱いする近視眼的思考に囚われてばかりいると、早晩頭が変になってしまう。と言うより我々は既に、ある程度神経症に陥っているのではないだろうか。こんな症状には思考の幅を時間的空間的に可能な限り広げることが有効な処方箋であり、「生命と自然の問題」はそのための充分な広さを持った枠組みだと思う。また伊藤亜紗さんには、今回の新型コロナの流行によって、我々の脳が捉える環境がどう変化する可能性があるかを是非訊ねてみたい。ウイルスは我々を怖がらない。こちらもいたずらに恐怖に呪縛されず、彼らが我々に何を伝えに来たのかを冷静に考えてみるべきなのだろう。

植物の時間

Ito
AESTHETICIAN
2020.5.11

まるで宇宙船の中にいるようだ。今日がいったい何月何日なのか、時間の感覚が狂い、自分の現在地を見失いつつある。もう土曜日か……。この前の土曜日が、つい数日前のことのように感じる。何の目印もない広大な宇宙を、行先も知れぬまま、ふわふわと漂っているような感覚だ。

だから、家のドアを開けると、いつも少しびっくりしてしまう。そこにはプランターに植えられた絹さや、ゼラニウム、ジャスミン、リンゴの木、隣家の梅、オレンジ色のポピー、オリーブ、カタバミなどが生えていて、それらは毎日少しずつ、確実に成長しているからだ。時間は、確かに今までと同じように流れていたのである。

緊急事態宣言が出され、外出自粛が呼びかけられるようになってから、植物のことを話す人が増えたように感じる。メールの文末や、Ｚｏｏｍ会議中の雑談で、みんながそのことを語る。「なぜか植物が目に飛び込んでくる」「妙に花が愛おしい」「ＧＷに人生初の寄せ植えを作った」

もっとも、自分や家族がウイルスに感染した人や、経済的に困窮している人は、それどころではないかもしれない。けれども、今、植物が私たちの意識の隙間に入り込むようにして、何かを語りかけているように思う。奥野さんは「生命と自然の問題」という問いを出され、吉村さんがそれに対して「思考の幅を時間的空間的に可能な限り広げること」という処方箋を示された。私は、植物にヒントを得ることで、お二人の考えを少しでも前に進めてみたいと思う。

先日、レビー小体病（レビー小体型認知症）当事者の樋口直美さんと、Ｚｏｏｍでお話しする機会があった。彼女は、植物にたいへん詳しい。毎日の散歩コースで出会う植物の名前や、どの植物がいつ花を咲かせるかを、おおよそ把握している。「植物がちゃんと順番どおり咲いているというのは、見るだけでも安心する、ホッとする感じがあります」

彼女は病気の症状のため、もともと現在が曖昧な時間を生きている。「私には、時間の遠近感、距離感がありません。来週も来月も半年後も、感覚的には、遠さの違いを感じません」（『誤作動する脳』）。常に霧の中にいるような不確かな時間のなかで、植物が告げてくれる時間というものがあるのだ。

樋口さんと以前、「引き算の時間」と「足し算の時間」という話をしたことがある。「引き算の時間」とは、「三日後にプレゼンがあるから今日は調べ物をしておく」のような、未来のある地点から逆算して現在の意味やなすべきことを決めるような時間のあり方だ。決められた期限に合わせるような時間のあり方だから、社会生活を営む上では合理的だ。

これに対して「足し算の時間」はもっと生理的である。引き算の時間は、未来が予測できるという前提に立っているが、樋口さんのように体調の変化が激しい人にとって、三日後であっても予測を立てることはかなり難しい。だから、今できることを少しずつ積み重ねて、足していくしかない。できる日もあればできない日もある。足し算型の時間は、不均一だ。

私たちの社会は今、端的に言ってこの「引き算の不能」に陥っているのではないか。東京オリンピック・パラリンピックという、ほんの半年前まではあらゆることの逆算の起点になっていた未来は霧の中だ。政策も補償もワクチン開発も先の見えない日々のなかで、小さな計画にさえ「実現できるか分かりませんけど」という但し書きがつく。宇宙に浮かんでいるような方向喪失の感覚は、要するに、向かうべき未来が分からなくなっているということ、あらゆる約束が反故（ほご）になるかもしれない不確かさに投げ出されている、ということに他ならない。

しかし、引き算ができなくなったからこそ、植物と出会えているようにも思う。植物が足しているもの、植物が生きている時間。先日、同僚の植物学者がしみじみ語っていた言葉に衝撃を受けた。「植物には、なぜそんなことをしているのか分からないことがいっぱいある」。要するに、人間の目からすれば無駄にしか見えないことが、植物にはいっぱいあるというのだ。

それはゲノムのサイズを見ても分かる。多くの植物のゲノムは、人間のゲノムよりもずっと大きい。ヒトが三千Ｍｂなのに対し、エンドウで四千八百Ｍｂ、コムギで一万七千Ｍｂ、ユリの一種であるバイモに至っては十二万Ｍｂもある（ちなみに新型コロナウイルスは三十Ｋｂときわめて小さい）。植物の体は、ヒトの体にくらべるとずっと冗長に記述されているのだ。

植物は自分で環境を選べないから、変化に対応できるように可能性をたくさん用意している、ということなのだろうか。いや、それもたぶん人間の目から見た見方だ、とその同僚は諫（いさ）める。人間はつい、あらゆることに合理的な意味があると考えてしまう。でも、たぶん自然はそんなふうにはできていない。

進化の過程だって、適者生存ということがどこまで言えるのかどうか。おそらく、吉川浩満が『理不尽な進化　遺伝子と運のあいだ』で論じたように、進化はフェアプレーではなく、我々が思っているよりもずっと理不尽で、偶然に左右されるものなのだろう。

いま、私たちに問われているのは、「理不尽に与えられてしまうもの」とともにある世界の姿を描くことなのではないだろうか。そしてそのことはどこかで、病や障害とともに生きることとつながっているのではないかと思っている。

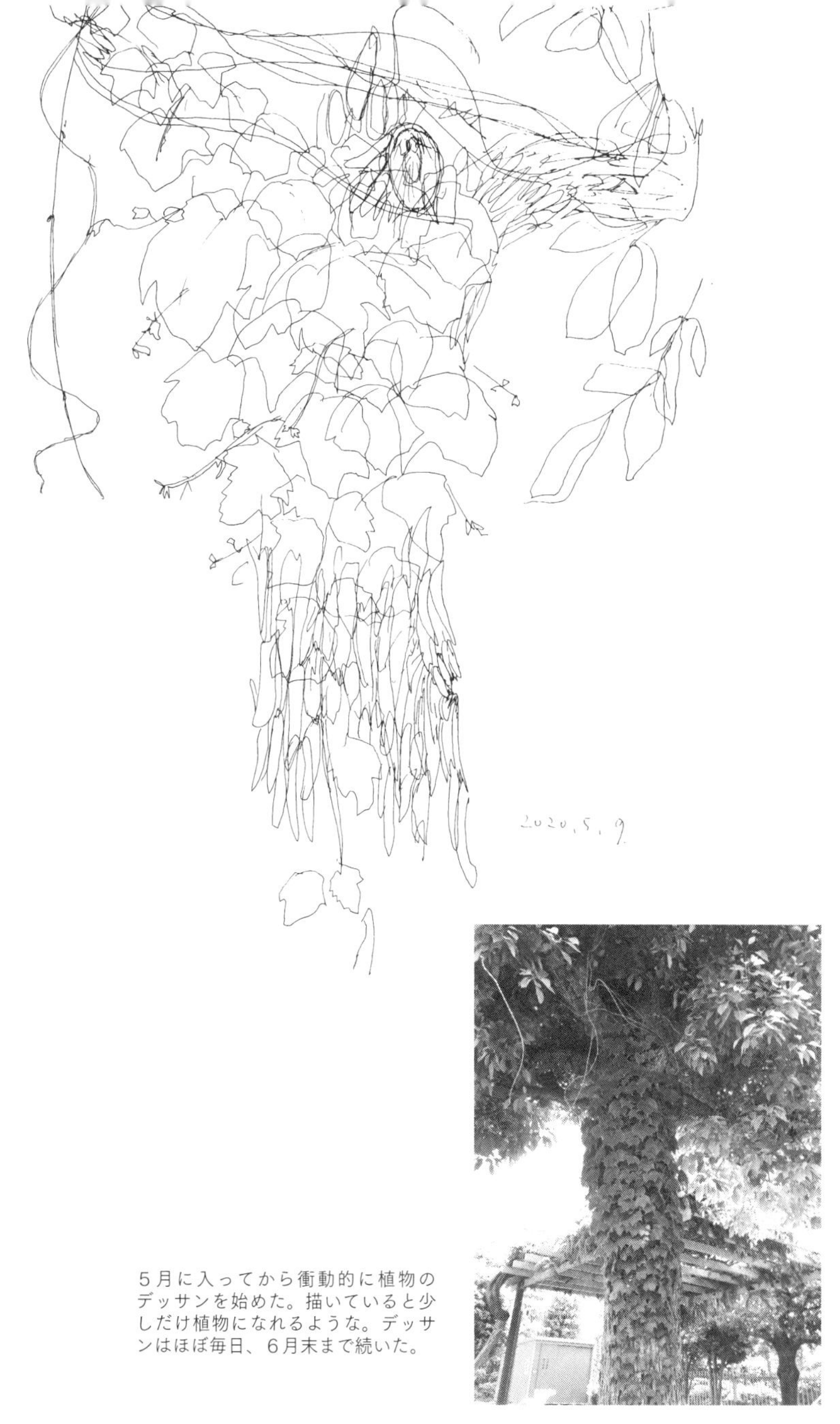

5月に入ってから衝動的に植物のデッサンを始めた。描いていると少しだけ植物になれるような。デッサンはほぼ毎日、6月末まで続いた。

足し算的時間と合理のひび割れ

Okuno
ANTHROPOLOGIST
2020.5.14

吉村さんは、近視眼的思考に囚われがちなコロナの風景からの脱出の可能性を指摘され、伊藤さんは、コロナによって不確かさへと投げ出された私たちの日常を大きく超えた理不尽な自然のほうへと踏み出された。

「引き算」的な時間とは、伊藤さんによれば、未来に設定された目標に向かって、日々やらなければならないことが決められる日常のことである。私たちが慣れ親しんだ引き算的な世界は、コロナによって一気に崩れ落ちた。東京オリンピック・パラリンピックを目指して努力が積み重ねられていた世界は二〇二〇年五月の時点で、宙づりにされたままである。取って代わったのが、「足し算」的な時間である。

私たちは今、明日がどうなるか分からないような世界を生きている。今日やるべきこと、明日やるべきことが、次々に加えられていくような、足し算的な日々を生きている。突如あらわになった足し算的な時間こそが、私たちの不安や落ち着かなさの正体なのかもしれない。

引き算的な世界は、社会生活を営む上での「合理」によって成り立っている。それに対し、足し算的な世界は「生理」からできている。合理からできた世界が崩れ、いきなり現れた生理の世界で私たちは、花を愛でたり、植物たちに新たに出会ったりする。伊藤さんのこのような見立てに、私は深く頷いた。と同時に私は、コロナ禍以前から、というよりもそれに関わりなく、主に足し算的な日常を生きている人たちのことを思い浮かべた。マレーシアのボルネオ島の熱帯の森に暮らすプナンである。

ボルネオ島には、私たちが考える季節がないし、プナン語には季節という語がない。彼らが住む混交フタバガキ林では、平均して数年に一度の割合で、植物の多くが一斉に開花し、その後一斉に結実する。彼らにとって、周囲の森は、ある時「花のついた葉」でいっぱいになり、続いて「実のついた葉」で溢れかえる。だが、一斉開花・一斉結実の起きる範囲も時期も予測不能である。川のこちら側で花が咲いたとしても、川のあちら側では花が咲かないこともある。花の季節、果実の季節はいったいいつから始まるのか、どこからどこまでなのか分からない。森は人間を超えた独自の摂理で動いている。

ある時、熱帯の森でもひときわ高く聳(そび)える突出木の中高層に、オオミツバチの巣が幾つも作られているのを誰かが見つけることから、事態は大きく変わり始める。花蜜を吸いにやって来て営巣したオオミツバチは、一斉開花の兆しを告げる。プナンは、「オオミツバチが突出木に巣を作ったら狩猟の準備に取りかかれ」という、古くから伝わる格言を思い出すだろう。

彼らは森に入り、吹き矢に盛る毒を集めたり、また槍などの狩猟具を修理したり、新たに作ったりして、来たるべき一斉結実期に備える。一斉に実がなると、樹上の実を食べに鳥や猿が、樹下に落ちた実を食べに地上性の哺乳類が続々とやって来る。プナンは、それらを狙って森に入る。

ふだんは足し算的な時間を生きているプナンの世界は、オオミツバチの巣を発見するや、引き算的なものに切り替わる。引き算的な世界では、来たるべき果実の季節にやって来る野生動物を狩るという、向かうべき未来が設定され、それに合わせて日々準備がなされていく。それは、せいぜい年に一ヶ月程度のことである。生理にいっとき合理が加えられ、ふたたび生理に

中高層にオオミツバチの巣が作られた樹高70メートルにもなる熱帯雨林の突出木

戻るという、足し算を主とし引き算を従とする時間をプナンは生きている。

ひるがえって私たちは今、底知れない力を秘めたコロナの到来によってはじめて、この先どうなるか分からない不安と引き換えに、花や植物、動物たちだけでなく、雲や風を含めた自然の動きに目を凝らし、耳を澄ませる生理の力を取り戻している状態にあるのかもしれない。しかしそのうち私たちは、あたかも何事もなかったかのように、長い長い引き算の日々へとふたたび逆戻りしてしまうのだろうか。理不尽で不確かな、大いなる自然に背を向けて、向かうべき未来を小賢しく設定し、合理のみが支配する時間を生きていくのだろうか。

森の中で樹上に動くリスを見つけて吹矢を吹くプナンのハンター

元の日常という脅威

Man-ichi
NOVELIST
2020.5.22

子供の頃私はテストが嫌過ぎて、学校など消えてなくなればいいと度々思ったものだ。大学受験や就職に失敗した時は、何か世界的な大異変が起こるがいいと願ったりした。しかし現実世界というものは、そう簡単に変わるものではない。そんな当時の私の目に、今回の新型コロナ下の社会はどう映ったであろうかと考えるとちょっと興味深い。

何より自粛によって会社や学校に行かなくてよくなったという事態は、仕事や勉強の重圧、人間関係のしがらみから人々を一挙に解き放ったという点で特筆に価する気がする。きっと実際に、そのお陰で精神的に生き延びた人も少なくなかったのではないかと思う。彼らは社会の首枷(くびかせ)から解放され、元の日常こそが何か途轍(とてつ)もなく不自然なものだったことを改めて思い知ったことだろう。日常性の裂け目に、こんな自由があったのかと。この非日常の持つ解放感は、自粛の不自由さや経済的な不如意にもかかわらず、彼らを強く魅了したに違いない。彼らは、もし新型コロナの流行があっけなく終息して何一つ変わらぬ日常がたちまちの内に戻ってきたならば、それこそが本物の脅威だと感じるたぐいの人々である。

　奥野氏の紹介するプナンの人々の暮らしは、私達現代人の日常が少しも普遍的なものではないことを教えてくれたが、今回の新型コロナ禍による社会の大掛かりな反応も、以前の日常が何ら不変的なものでなかったことを我々に知らしめた。つまり我々の日常は、伊藤氏が言う「理不尽に与えられてしまうもの」によって幾らでも変わり得るものなのである。

　その一方で、この手の心性とは対照的に「早く普通の日常が戻ってきますように」と切望する強い気持ちもまた、我々の中には存在する。当たり前の日常への信仰、何があっても何度でも見慣れた日常が繰り返し回帰するに違いないという確信には、思いの外揺るぎないものがある。特に経済活動に於いて社会が旧に復することは、全ての困窮者にとって焦眉の急でもある。

　しかし全くひび割れのない完全無欠の日常など存在しない。それゆえにかえって、それを信じない少数者を排除してでも万人に現状復帰を望ませるほどに、それは根強い欲求として我々の社会の中に息づいているのかも知れない。

島尾敏雄の小説「出発は遂に訪れず」には、太平洋戦争中、特攻隊の隊長として部下と共に死ぬ筈だった島尾の出撃前後の心境が綴られている。「自殺艇」に乗り込んで敵艦に体当たりする作戦は、死へと向かう逃れようのない一本道の筈だった。そんな異常事態の中で、島尾は積極的に死を受け止め、高揚する。

むしろ発進がはぐらかされたあとの日常の重さこそ、受けきれない。死の中にぶつかって行けば過去のすべてから解き放たれるのに、日常にとどまっている限りは過去から縁を切ることはできない。

（『その夏の今は・夢の中での日常』講談社文芸文庫、九五頁）

しかし出発は訪れず、翌日島尾は終戦を知る。

「出孤島記」には出発が訪れず朝を迎えた彼が、死を免れたという「しびれるほどの安堵」から、たちまちにして日常性の倦怠によって浸潤され始め、「虚脱したような空虚な感じ」に染め上げられる心理が描かれている。非日常を強烈な形で経験した島尾にとって、何食わぬ顔をして戻ってくる巨大な日常はむしろ残酷な責め苦に近いものとして映ったのであろう。

これを書いている今日（二〇二〇年五月二一日）、私の暮らす大阪でも緊急事態宣言が解除された。新型コロナの流行がこの先どうなるか予断を許さないが、今回の災厄に強く反応した人、感染や死を極度に恐れた人、また、非常時にこそ自由があると感じた人などは、島尾敏雄のように、この状況の下で自分の内面をより深く見詰め、あるいは大きく組み替えざるを得なかった人々であろう。そんな人々は、もしこのまま新型コロナ禍が終息に向かったとしても、多くの人々がそれに安堵や歓喜を覚えるのに対して、戻ってきた日常性が重過ぎてとても抱え切れないと感じるのかも知れない。そして彼らは一時的に虚脱した後、解放されたアウシュヴィッツの囚人達のように、少しずつ普通の人間へと戻っていくのだろうか。こういうことは実は一部の人間だけではなく、この災厄を経験した人間には誰でも大なり小なり起こることだと思われる。一旦非日常を潜り抜けた後に感じる、元の日常に対する違和感や拒否感の中にこそ、その後の島尾文学を開花させたような、ポストコロナ社会を創るべき我々が耳を傾けるに足る知恵の種が隠れていそうな気がする。

人間の体と植物の体

Ito
AESTHETICIAN
2020.5.25

我が家の前は公園で、あいかわらず植物観察を続けている。つくづく不思議なのは、葉が虫に喰われていたり、枝が折れていたり、幹に大きな穴が空いていたりすることだ。

人間の体に置き換えるなら、片方の腕がもげていたり、大腿骨を骨折していたり、胃に大穴が空いていたりするようなものだろう。すぐに処置をしなければ、命に関わる大ごとだ。

ところが植物ときたら、多少の傷を受けてもその体で平然と日常を営んでいる。もちろんトマトのように、虫に喰われると、他の個体に向けて危機を知らせる化合物を出す植物もいるから、彼らとて「平然としている」というのは違うのかもしれない。だとしても、その体で生を継続できるのは、そもそもの体のつくりが人間とは違うからだろう。「人間の体に置き換えるなら」という発想がそもそもおかしいのだ。

以前、知人の生物学者に、生命とは何か問うてみたことがある。答えはこうだった。「生命は定義できない」。なぜなら、私たちはまだ、地球にいる生命とは違うタイプの生命に出会っていないから。比較ができないから定義ができない、というわけだ。

「体」という概念に対しても、私たちはもっと謙虚になってもいいのかもしれない。人間の体だけが体なのではない。動物の体もある。植物の体もある。ウイルスの体もある。「ウィズ・コロナ」とは、異なる体とともに生きる知恵をさぐるということに他ならない。

では植物にとって体とは何か。植物学者のステファノ・マンクーゾによれば、その特徴は「器官のなさ」なのだそうだ。『植物は〈知性〉をもっている』でマンクーゾは言う。「植物の体には、動物にあるような個々の器官はそなわっていない。植物がこのような『解決法』を選んだ理由は明らかだ。もし植物が私たちと同じような体のつくりをしていたらどうなるだろう？　私たちのように替えのきかない器官からなる体をしていたなら、草食動物に嚙(か)まれただけで、植物はたちまち死んでしまうだろう」

確かにそうである。植物には「心臓」がない。「脳」もない。「腸」もない。つまり、生命維持に必要な活動を、少数の器官に集中させてはいない。もちろん、葉、花、根、といった部位の区別はある。けれども、葉が数枚なくなっただけで呼吸ができなくなることはないし、枝が折れたとしても脇から新しい芽を生やすことができる。動物の体が分業型なのに対して、植物の体は分散型。だから一定の量以内であれば、体の一部が失われても、生き続けることができるのだ。それが物理的に逃げることをしない植物のやり方だ。

だが、人間は本当に器官から自由になることはできないのだろうか？　たとえば、さまざまな臓器に分化しうるiPS細胞の存在は、人間にも器官から自由になる能力があることを示しているのではないか？　いや、そのような特殊な技術を用いなくても、器官から自由に生きることはできるのではないか？

たとえば、障害を持った人たち。目が見えなくなった人は、「目」という器官を使えなくなったことによって、代わりに「手で見」たり、「耳で見」たりしている。触覚や聴覚の使い方を変えるのだ。あるいは、「足で歩く」ことができなくなった人もいる。そういう人は、足の代わりに「腕」を使って、階段の上り下りをしたり、逆立ちしたりしている。

つまり、健常者が特定の器官に結び付けているある機能を、彼らは別の器官で実行しているのである。「あることを実行するのに、どの器官を使ったっていいじゃないか」。そんな声が聞こえてくる。障害を負うとは、それまでとは違う仕方で器官とつきあう、ということだ。

もちろん、人間だから、植物のように器官を持たないでいることはできない。それでも、人間だって、ある器官を別の機能のために転用することは可能である。面白いことに、失うこと、持たないことへの対処は、植物に似てくるのだ。

同じことは、人の組織についてもいえるかもしれない。コロナがもたらした混乱にポジティブな効果があったとすれば、やむをえずにせよ、すすんでにせよ、人が持ち場を越えて動いたことである。人事課の人が感染防止グッズをＤＩＹする。料理と無縁だった人がキッチンに立つ。お隣さんとマスクを分け合う……。

元の日常に戻るとは、こうした植物的生の可能性を忘れ、従来の器官や組織に依存した動物的生に戻るということだろう。もちろん、器官や組織は重要だ。しかし、私たちは「何を元に戻さないか」も考えなくてはならない。

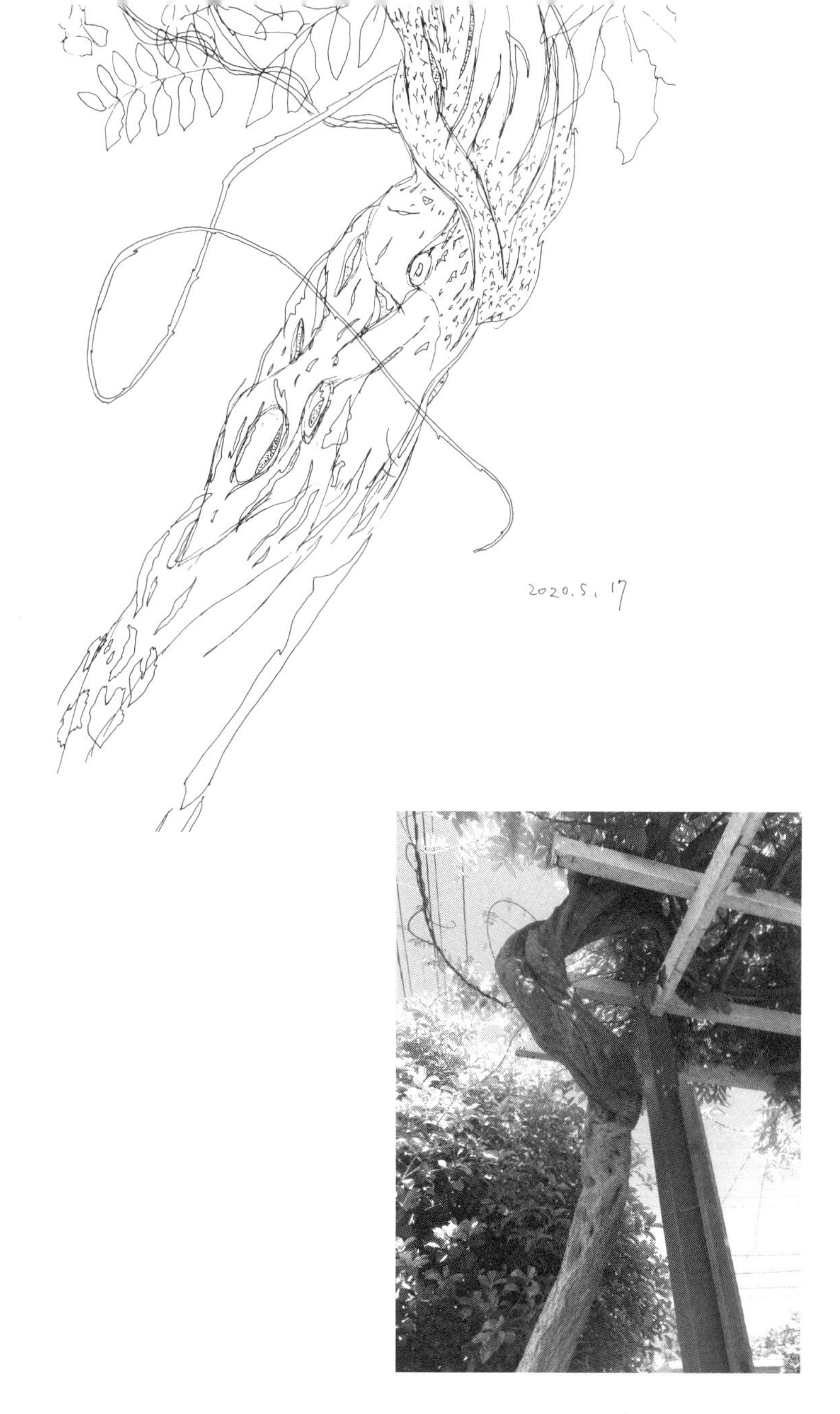
2020.5.17

〈凝固した日常〉を突き刺すもの

Okuno
ANTHROPOLOGIST
2020.5.31

コロナ禍は、「学校嫌い」にとって僥倖（ぎょうこう）だったかもしれないという吉村さんの指摘に頷いた。思い出したのが、昨年度一年遅れで卒論を書き上げ、今年度大学に残っている六年生のことだ。彼女は三年前の低単位取得者面談で、通学には自宅から片道二時間かかり、満員電車の中で気分が悪くなって途中駅で降りてしまうことがよくあると語った。そのため、朝早い時間に組まれることが多い必修授業を毎年のように落としてしまっていた。大学近くに住めばいいのでは、大学寮ではどうかと話したが、父親が絶対に許してくれないとも言っていた。

この四月からの一年向けの必修授業の名簿の中に、一人しかいない六年生である彼女の学生番号を見つけた。五月末の時点では、どうやら順調に「自宅出席」しているようだ。新型コロナ感染拡大で突然始まったオンライン授業に、彼女はほくそ笑んでいるに違いないと、私はひそかに思っている。彼女は、元の日常こそが何か途轍もなく不自然なものだったことを改めて思い知ったことだろう。日常性の裂け目に、こんなにも自由があったのかと。

彼女にとって、苦しみの果てに教室にまでたどり着かなければ受けられない講義からなる日常とは、呪うべき〈凝固した日常〉だったに違いない。社会が旧に復することを願う人たちばかりなのではないというこうした事実に、私は安らかな気持ちになる。

吉村さんはまた、加計呂麻島（かけろまじま）で出撃命令を受けたまま終戦を迎えた特攻隊長・島尾敏雄の経験を取り上げている。身心を賭して一気に死へと昇りつめようとする非日常を日常にすり替えて生きていた島尾は不意にはしごを外され、代わりに送り届けられた生の安堵と裏腹に湧き上がる虚無感に苛（さいな）まれる。突然のどんでん返しのため、島尾は生を漫然と生きる日常に還れなかったのではないか。吉村さんはその体験の中に、不世出の島尾文学の兆しを嗅ぎ取っている。

ところで、人類学は、日常の縁に身を置いたり、日常から飛び出たりすることによって〈凝固した日常〉に気づくというちょっと変わった学問である。調査地に出かける人類学者は日常から遠く離れ、長期にわたって非日常に浸ることによって、そこで手に入れた束の間の自由を味わったり、非日常と日常の裂け目の虚空に嵌まり込んだりする。人類学という学には、「経験」によって「自己変容」を促す面がある。それには、〈凝固した日常〉を突き刺す刃のようなものが潜んでいる。最近になって、このことを真正面から改めて考えてみた人類学者がいる。

ティム・インゴルドは、人類学は人々「について」何かを言う学問ではなく、人々「ともに」学ぶ学問だという（『人類学とは何か』奥野克巳・宮崎幸子訳、亜紀書房、二〇二〇年）。単に馴染みのない土地に長らく入り込んで、他者の暮らしを詳細にレポートする学問ではないというのだ。現地に出向いてデータを持ち帰って自国で本を書き上げるという、百年ほど前にブラニスラウ・マリノフスキが方向づけた人類学者像をインゴルドは毛嫌いしているふうでもある。他方でインゴルドは、マリノフスキが述べたフィールドの日常生活の「データ化が難しい部分」（インポンデラビリア）を重視しているようにも思える。インゴルドは言う。

人類学の目的は、人間の生そのものと会話することである。

（『人類学とは何か』三三頁）

人類学者は、自国の日常を後にし、フィールドに深く入り込み、非日常が日常になる瞬間に起きるあらゆる出来事を捕まえて、他者とともに学び、人間の生そのものと会話するというのだ。さしずめ以下のように大地を這い人間の生の極致を経験することもそれに含まれるだろう。

プナンとともに私は、夕闇めがけて油ヤシ農園に出かけた。獲物は捕れず、森を彷徨（さまよ）ったあげく、我々は火を焚き、その場で夜を明かすことになった。眠くて仕方がない私は地べたにへたりこみ、枕大の石の上に頭を置き眠ろうとすると、無数の大きな蟻が体の上を這いまわって、なかなか寝付けない。レインコートで頭からすっぽりと全身を覆って蟻たちの侵入を遮って、何とか眠りに落ちると、どれくらい時間が経過しただろうか、焚火はまだチョロチョロと燃えていたように覚えているが、夢とうつつのはざまで、シャカシャカシャカシャカという蟻の足音が頭の中に大音響で響き渡り、私の瞼にには触角を揺すりながら蠢く巨大な蟻たちが映し出された。その時、私は蟻の世界の一員となっていた。

（プナンでのフィールドノートより）

研ぎ澄まされた夜の聴覚。瞼の奥に映る蟻たち……他者の生のうちに経験する蟻の世界。生命や自然と対峙するこうした経験が、私自身の〈凝固した日常〉めがけて鋭く突き刺さってくる。それは、非日常から零れ落ちる、取るに足りない一断片などではない。そうしたものが人類学者の生を揺さぶり、〈凝固した日常〉に突き刺さってくる。

被造物の底

Man-ichi

NOVELIST

2020.6.4

二十七年間学校の教師をしていたが、実は人に正確に知識を教え伝えるのがとても苦手である。しかしダラダラと半可なことを喋るのは好きなので、講演依頼があると全て引き受けてきた。ところが新型コロナの影響で、それもすっかりなくなった。寂しいので、講演会で時々する話を披露させてもらおうと思う。

私はその時、船の甲板にいて夜風に吹かれながら港の夜景を眺めていました。天辺に丸い水銀灯を乗せた十数本の街路灯が整然と並んでいて、その一つ一つから光の線が伸びていました。その光の線は海面をキラキラと這いながら、どれも例外なく私という一点に集まっていました。私は「おや?」と思いました。どうして十数本の街路灯の光が全部私へと集まってくるのでしょうか。しばらくすると、船が港を離れ始めました。すると光の線は、離れて行く私を追いかけてくるではありませんか。どの街路灯から伸びる光の線も、一つの例外もなく「扇の要（かなめ）」の位置にいる私をどこまでも追ってくるのでした。

　そして私は気付きました。街路灯の光は、あらゆる方向へと無数の光の矢を放っていたのです。そして私がここにいるから、私へと向かってくる光だけが私の目に見えるのだ、と。もし私の横に素敵な女性がいて、二人並んで同じこの夜景を眺めていたとしましょう。しかし厳密には、二人は決して同じ光の矢を見ることはないのです。同時刻に見ている二人の景色は、二人が完全に一つに重なり合いでもしない限り確実にズレているはずです。つまり、今この瞬間に私が見ている光景は、私にしか見えない唯一無二の世界なのです。

　だから皆さんには小説を書く意味があります。なぜなら自分にしか見えない世界を正確に書けば、それが唯一無二の小説にならないはずがないからであります。

　と、講演ではそういう具合に話が進むのである。納得顔もあれば、はあ？　という顔もあるが、私はこの話が個人的に嫌いではない。なぜなら、自分や自分でない人々が、個々別々の個体としてこの世界に存在している意味のようなものを、少しだけ納得させてくれる気がするからである。

障害を持った人の世界があり、プナンの世界があり、都会人の世界がある。沢山の人々がこの世に存在し、それぞれ固有の感覚で世界を切り取ったその無数の断面は、世界全体をクリスタルガラスのように輝かせるのではあるまいか。時にそんなふうに思ったりする。「日本は一つ」「オールジャパン」のように殊更に一体感を鼓舞されると、せっかくの美しいカット面が研磨されてのっぺりしてしまう気がして、ちょっと興醒めである。

そして勿論、この世界を感じているのは人間だけではない。

植物の「器官のなさ」が人や社会の在り方にも一脈通じるという伊藤さんの話や、地面に寝ていて蟻の世界の一員となってしまったという奥野さんの話は、何より人間中心主義の呪縛から軽々と自由であるという点で、とても痛快で面白かった。

あらゆる生命体が、この世界をそれぞれの仕方で把握している。植物にとっての世界があり、蟻にとっての世界があり、新型コロナウイルスにとっての世界がある。何と豊かなことだろう。私は、初めて実体顕微鏡を買ってゴキブリを観察した時、その毛むくじゃらの脚に沢山の小さな虫がくっ付いていていたのを見て、これが君たちの世界なのかと大いに感心した覚えがある。そして、そこには彼ら独自の世界があるのだから、下手に手を出さずそっとしておこうという謙虚な気持ちが湧いた。種を超えた視点で世界を捉えると、全てを人間の責任においてコントロールする必要がなくなり、とても気が楽で、そんな世界の方が人間にとってもずっと住み易い気がする。人類は勝手に背負った重い責任を放棄して、いっそのこと滅亡してしまう自由さえ保持しつつ、もっと肩の力を抜いてもよいのではなかろうか。たとえ我々が滅亡しても、きっと後のことは他の種が上手くやってくれるに違いないのだ。

高校で倫理社会を担当していた時、私は、地球が宇宙の中心にあるというプトレマイオスに代表される天動説は人間中心主義であり、コペルニクスが地動説を唱えてこの迷妄を粉砕したのだ、と教えていたが、どうやらこれは間違っていたらしいと随分後になって気付いた。

〔前コペルニクス的天文学は〕人間が宇宙の中心を占め、彼の住む惑星の周囲を広大な人の住まぬ天球層が従順に回転していたのだと言う。しかし中世の精神にとっての天動説の実際の傾向は、まさにその反対であった。なぜなら宇宙の中心は決して名誉ある場所ではなくて、むしろ天上界から一番遠ざかり被造物の底であり、そこはかすや卑しい元素が沈澱するところであった。実際の中心は、まさに地獄であり、空間感覚からすれば、中世の宇宙は文字通り悪魔中心であった。

（アーサー・O．ラヴジョイ『存在の大いなる連鎖』ちくま学芸文庫、一五七頁）

天動説の宇宙観は人間の昂揚よりも屈辱に役立ったことと、コペルニクスの説は、一つには、人間の住み処にあまりにも立派な高尚な地位を与えすぎたという根拠で反対を受けたのだということとが充分に明らかである。

（前掲書、一五八頁）

とするならば、我々はコペルニクス以前の中世の人々よりも遥かに自己中心的で、謙虚さに欠けた存在に違いない。そして私には、奥野さんが夢うつつの中で蟻になってしまったあの地面こそが、我々が本来在るべき「被造物の底」ではなかったかと思えて仕方がないのである。

体を失う日

Ito

AESTHETICIAN

2020.6.10

人間は徐々に、体を手放しつつあるのかもしれない。

いまや体はリスクそのものだ。「距離をとる」という名目のもと、可能なかぎり体を避けながら生きている。他人の体は自分を殺すかもしれない爆弾であり、私の体もまた人の命を危険にさらしうる。「かもしれない」という不確実性によってあおられる恐怖。

でもよくよく考えたら、疫病がなくたってそもそも体はリスクの塊なのだ。電車でたまたまとなりに座った人から、不快な臭いがするかもしれない。もしかしたら、突然暴れ出すかもしれない。テロリストである可能性もある。外出時にはマスク。人との距離は二メートル。コロナ禍が収束したあと、私たちはこの習慣を手放せるのだろうか。

そもそも長い目で見れば、人類のこれまでの歴史は、体の体らしさを捨てていく過程であった。分かりやすい変わり目は近代化である。近代化以前のヨーロッパは、バフチンが「カーニバル」と呼ぶ、いきれるような濃厚接触の世界だった。

たとえば食事。中世の人々にとって、前菜とメインとデザートがきれいな皿に載って順番に出てくる、なんていう発想はない。料理はみんなでひとつの大皿に盛られ、ウサギ、シカ、ヒツジなど、さまざまな獣や鳥の肉を煮込んだシチューに全員が指をつっこんで食べた。残った骨を狙って犬が足元でうろうろしている。ビチャビチャ、ヌメヌメ、クチュクチュ。ちょっと、吉村さんの小説を思い出す。

体の生理現象の扱いもそうである。オナラを我慢することはむしろ健康に悪いとされていたし、唾をテーブルの上に吐くのも当たり前だった。

派手にクシャミもしただろうし、食事中に盛大に口の中を見せながら会話をしただろう。粘液的社交。イーフー・トゥアンが論じたように、個が確立していない時代だから、住居のつくりも「自分だけのプライベートの部屋」なんていうものはなかった。寝るときの臭いは相当のものだっただろう。近代化とは、こうした身体の生理を制御することに他ならなかった。

そして産業革命。産業革命は、「標準的な体」を作り出した。産業構造の変化によって工場労働者が増えると、労働が時間によって測られるようになる。だれがやったとしても同じ、一定の時間内の、決められた量の労働。このとき同時に生まれたのが「障害者」という概念であった。障害とは、この画一化された労働市場に参画できないことを指す概念として誕生した。

時間からも生理的なものとのつながりが消えていく。日本では明治五年までは不定時法が採用されていた。不定時法とは、昼の長さと夜の長さを等分して時間を測定するやり方である。つまり季節によって、単位あたりの時間の長さが違ったのである。ところが定時法が導入されたことにより、一日の長さを等分するようになったため、時間は太陽の動きやそれと連動した生命のリズムとは無関係に、客観的な時間によって測られるようになった。

そして現代。高度な情報通信技術を手にした人類は、それを維持するために大量の化石燃料を燃やしながら、自身の体からはその物質的な側面を可能なかぎり削ぎ落とそうとしている。いまや「同僚の〇〇さん」はパソコンの画面が映し出す影であり、わずかにズレながら耳に入ってくる声である。

確かに、体を非物質化することのメリットはある。たとえば、外出が難しい人や人と対面で会うことがストレスになる人にとっては、現在のリモートでの人間関係はむしろ福音だろう。あるいは、差別の問題もある。先日、分身ロボットOriHimeを使って自宅から接客業の仕事をしている方にお話をうかがう機会があった。その人曰く、「分身ロボットで出勤していると、関係がフラットになる」。確かにそうだ。物理的な体があることによって、私たちは相手が自分より優れているか、それとも劣っているかということを、その見た目によって無意識的に判断してしまう。アメリカの黒人が白人警官によって殺されたジョージ・フロイド事件をあげるまでもなく、私たちは二十一世紀になってもまだ、差別という問題を乗り越えられていない。

一方で、失われるものもある。私が一番恐れているのは、「いる」の喪失だ。「いる」こそ、物質としての体が私たちに与えてくれる最大の恩恵ではないだろうか。

「いる」とは何か。先の分身ロボットの利用者が教えてくれたのは、「いる」ことによって私たちは沈黙できるということだ（その方によれば、分身ロボットは、物理的な機体を通して強烈にそこに「いる」感じがするらしい）。確かにオンラインで会議をしていると、自分の意図が相手に通じているのか不安になってしまい、必死にしゃべりつづけてしまう。気づけば背中が汗びっしょり。言語的コミュニケーションが成り立っていることは、必ずしも「いる」を生み出しはしない。

逆にいえば、言語的コミュニケーションが成り立たないような異質な相手であっても、「いる」ことはできる。蟻やゴキブリや植物とＺｏｏｍするのはたぶん不可能だけど、でもいっしょに「いる」ことはできる。

そして「いる」とともに失われるのは「変身」の可能性である。私たちは、逆説的にも、物質的な体があることによって、変身をすることができる。奥野さんがプナンとともにその体を地面の上に横たえていなければ、蟻に変身することはできなかったはずだ。ヴァーチャルの世界で、自分のアバターを蟻に変えることはできる。でもそれは変身ではない。

変身とは、自分と異なるものの世界の見え方をありありと実感することである。カーニバルがそうであったように、それは価値転倒の場なのだ。吉村さんの言うように、あらゆる生命体が、この世界をそれぞれの仕方で把握している。物理的な体があるからこそ、自分でないものになることができる。

体はややこしい。良い面もあれば、悪い面もある。コロナ後の世界のために、何を、どうやって残すか。「ニュー・ノーマル」は適切な「ニュー・ボディ」にもとづくべきだろう。

2020.6.9

「いる」の喪失とは何か？

Okuno
ANTHROPOLOGIST
2020.6.15

コペルニクス的転回をめぐるラヴジョイの興味深い説を吉村さんが紹介されている。地球の周りを天体が公転しているとされた天動説の時代に宇宙の中心は「被造物の底」にあり、人間は宇宙の中心的な存在ではなかった。科学に基づいて、地球が太陽の周りを自転しながら公転していると唱えたコペルニクスは、地獄や悪魔が中心にいる中世の宇宙論をひっくり返し、人間に立派な地位を与え、人間がわがもの顔でふるまう時代を用意したのである。

伊藤さんの説く「人間の体の非物質化」とは、人間が中心に置かれるようになったコペルニクス以降に行われてきた所業の最終到達点のようなものではないだろうか。近代以降ヨーロッパでは、リスクの源である体が制御されるようになり、現代の情報通信技術の発達により、体は画面上の「影」だけになった。人間は徐々に体を手放してきた。そしてついに、新型コロナ感染症が遠隔コミュニケーションを広く行き渡らせ、多くの人が「体なしのコミュニケーション」をする時代に突入した。

「オンラインで会議をしていると、自分の意図が相手に通じているのか不安になってしまい、必死にしゃべりつづけてしまう。気づけば背中が汗びっしょり」になっていると、伊藤さんは言う。物理的な体がなくなった今、「いる」が失われている。

「いる」の喪失とは何か？

その答はすでに伊藤さんの言葉の中に用意されている。「蟻やゴキブリや植物とＺｏｏｍするのはたぶん不可能だけど、でもいっしょに『いる』ことはできる」と。「いる」の喪失とは、「蟻やゴキブリや植物と……いっしょに『いる』」の喪失だったのである。

それは、コミュニケーションを、特別な地位を与えられた人間のためのものに限定してきたことの必然的結果であった。言い換えれば、蟻やゴキブリや植物やモノや石や死者や神や霊などの人間を超えた他者との対話やコミュニケーションを度外視し、人間世界の内側にコミュニケーションを限定的に設計してきたがゆえに、「いる」が失われてしまったのである。

伊藤さんのエッセイを読んで、一九九〇年代半ばに二年間一緒に暮らしたボルネオ島の焼畑稲作民カリスの人々にとっての「体」のことを思い出した。カリスは、イコン（類像記号）としての体をたくさん作りだして、世界と交わりつづけているように見える。

乾季は、川の水が干上がって細菌性の疫病が頻発し、死人が出て弔いが多くなされる、忌み嫌われる季節である。人々は乾季になると、村はずれの川べりに人間の体のイコンである木像をずらっと並べ、布を木像の上部や下部に巻きつける。また、槍や刀、盾などを竹でこしらえて、木像に持たせるようにして添える。

木像たちのいくさ支度が整うと、人々は鶏を屠（ほふ）って、その肉と臓物の料理、餅、米酒などを捧げる。

村の長老は木像たちに、食べて力をつけ、自分たちに病気や死をもたらそうと近づいてくる見えない敵と戦って、打ち負かしてくれるように唱える。

人々はまた、米の粉をこねて自分たちの「身代わり」を作る。人や犬や、大切な財産や銅鑼のイコンを作り、それらを筏（いかだ）にのせて川に流す。

カリスの人々にとって、木像はたんなる木の像ではない。それらは、自分たちのために勇猛

鉢巻や腰巻をつけ、槍や刀などを持って武装した木像たち

川べりに木像を並べて見えない敵と戦わせる儀礼に集まるカリスたち

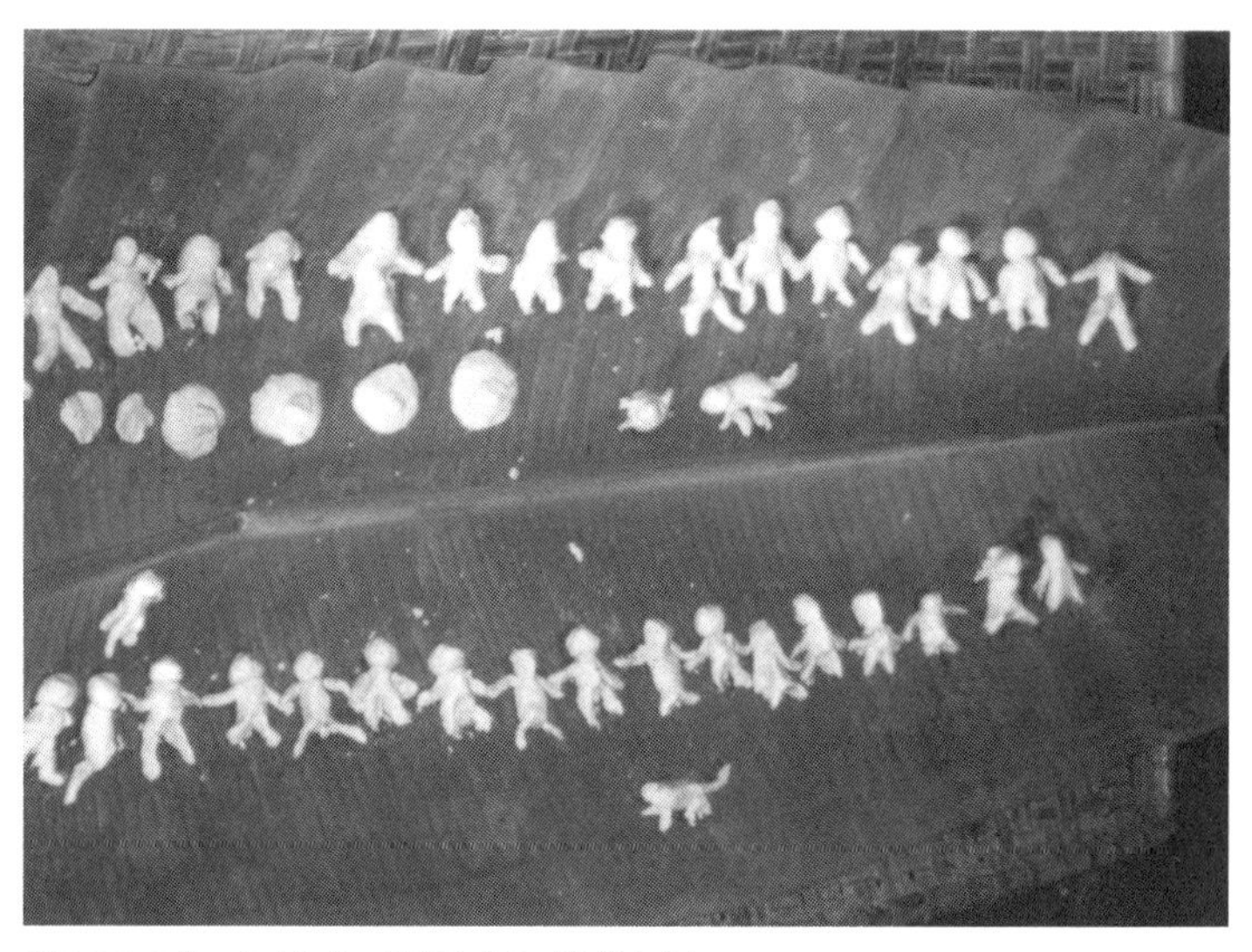

米をこねて作った人や犬、財産などの「身代わり」

に戦ってくれる自分たちの分身であり、自分たちの体そのものに他ならない。人々が念を込めてエンパワーした木像によっても打ち破ることができない屈強な目に見えない敵に対しては、自分たちではなく、自分たちの身代わりの体に向かっていくように促す。自らの体のイコンを村境の川べりに並べて見えない敵と戦わせ、敵を身代わりの体に向かわせるという、二重の入念な戦略によりながら、カリスは自分たちの健康と命を守ろうとしてきた。かなたの敵に立ち向かうために、人々の体が増殖される。

カリスは、見えない敵の気配とともに、それらとのコミュニケーションをつうじて生きている。彼らは、世界が人間だけによってできていると考えてはいない。人間を超えた他者との関係でできていることを暗黙のうちに想定している。その上で、自分たちの体の外側に、人間の体のイコンをたくさん作り出し、それらに人間を超えた世界の邪(よこしま)な心をもつ他者とのコミュニケーションを担わせるのだ。

ひるがえって、私たちは、とてもすっきりした道を辿ってきた。私たちは、蟻やゴキブリや植物や石やモノや神や死者や霊など……の人間を超えた他者たちの中から、吉村さんの見立てではコペルニクス以降に、人間だけに立派な地位を授けて、人間だけを独立させたのではなかったか。

現代では、自然から人間だけが切り離されてきたことに対して反省が加えられ、人間と自然の分断の問い直しがなされていると言われる。しかし、実情ではそれとは逆に、現代の技術革新において、その分断がますます進められてきているのではないだろうか。コミュニケーションはいよいよ人間の内側のみに閉じ、人間を超えた世界とのコミュニケーションが失われている。その上、人間どうしのコミュニケーションから、体さえも切り離されつつある。「いる」の喪失は、人間を超えた世界から人間を切り離すことの上に起きているのではないか。そして、人間どうしのコミュニケーションからの物質性の抹消とは、その完成形態の予告のようなものなのかもしれない。

死の無力さと分身の持つ力

Man-ichi
NOVELIST
2020.6.20

私の高校時代からの友人である長澤靖浩氏は、五十代の初めに心室細動によって十三分間の心肺停止になった。自発呼吸と意識がなく、医者は死ぬか植物状態になると家族に伝えたが、彼は十日後に蘇生した。この時に彼が経験した「死」について、「この世で表現することが残っていたので臨死体験から戻ってきた男」(https://youtu.be/oZXv6RckEtc) に於いて長澤氏自身が語っている動画を見ることができる。それによると、死という状態は、自分という意識はないが覚醒はしていて、その覚醒が全宇宙に染み渡っているという状態だったらしい。即ち、死ぬと全宇宙になるのだ!

長澤氏と私は二十代の終わり頃、二子玉川園にあったアイソレーションタンクの店に一緒に行ったことがある。究極のリラクゼーションという触れ込みだったと思う。感覚遮断されたタンクの中で我々は、比重の高い硫酸マグネシウム溶液に浮きながら、体の重さが限りなくゼロに近付く体験をした。コツを摑んですっかり体の感覚が消えると、自分の体の大きさが全く分からなくなった。この時味わった、皮膚という境界がなくなり、自分が宇宙全体に拡散してしまうような感覚には、後の長澤氏の臨死体験と通底するものがあったと思う。

長澤氏によると死は完全なる解放であり、何の不満もない安らぎであり、清浄が「永遠の今ここ」に広がっているという世界であった。しかし死の状態から、現実世界に対して何らかの働きかけをすることは一切できなかったという。悩んでいる人の背中をさすってあげることすらできない無力さ。蘇生して時間と空間の世界に戻った彼は、肉体を通してこの世界に働きかけられる「今ここ」を奇跡と感じ、これを大切に生きていきたいと語っている。

このような生死の彼岸の視点から見ると、我々の肉体も一つの分身ロボットのようなものであると言えるかも知れない。人間の身体や「いる」の喪失へと向かうテクノロジーの行き着く先は一種の死（ニルヴァーナ）の領域であろうから、そうなると人間は必ず肉体を奪回しようとするだろうと思う。

伊藤氏が、分身ロボットOriHimeのパイロットで、身体表現性障害のために外出できないさえさんに取材した記事は、「さえさん」で読むことができる（http://asaito.com/research/2020/06/post_71.php）。OriHimeはアーモンド形の目と、鳥の羽根のような腕を持つロボットで、体長二十三センチの見た目は子供の宇宙人のような感じである（百二十センチの大型で移動可能のOriHime-Dもある）。さえさんはスマホとiPadやノートパソコンで操作しながらOriHimeの中に「入り」、カフェで接客したり小学校で授業したりなど、色々な現場で働いている。さえさんのOriHimeはその場にいる人と目を合わせたり、会話したり、ただそこに「いる」だけで沈黙していたりする。テクノロジーの進歩が人間に体を手放させる方向へと進む中で、何よりもその場にいて現実世界に働きかけることができるOriHimeは、人間に体を取り戻させるという逆方向のテクノロジーである点がとても新しいと思う。私もぜひいつかOriHimeに「搭乗」してみたい気がする。

OriHimeは、奥野氏が二年間（！）一緒に暮らしたボルネオ島の焼畑稲作民カリスの人々の、イコンという分身を通しての世界との交わり方とも一脈通じるものがある。人間は根源的に、分身を作り出したいという欲求を持っているのだろうか。確かにOriHimeにしてもカリスの人々のイコンにしても、個としての自分の力を超えた能力を分身を通して実現しようとするところが共通している。ただし、カリスの人々のイコンは、見えない邪悪な敵と戦う分身であり、人間を超えた存在に満ちたその世界観は、我々現代人のそれに比べて遥かに恐ろしく、かつ広く豊かなもののようである。奥野氏が彼ら「とともに」いることで受けた彼自身の「凝固した日常」への衝撃について、もっと色々聞かせて欲しいと思う。

ところで私はOriHimeの画像や動画を見ていて、喋ったり腕を動かしながらパイロットそのものとして振舞うOriHimeの自然さに感心すると同時に、その仮面のような顔に少し感じるものがあった。それは、ロボットの持つ一種の計り知れなさのようなものである。去年（二〇一九年）の台風の時に東京が水浸しになり、生身のスタッフは出勤できなかったが、さえさんたちOriHimeは出勤できたという話を読んだ時、孤立したカフェにOriHimeたちだけがいる光景に何かとても非日常的なものを感じた。私はすぐに妄想するタイプなので、分身ロボットは、カリスの人々のイコンに通じる、日常を超えたものと繋（つな）がる役割を意図せずに備えてしまっていないだろうか、などと考えてしまった。例えばそれが山口昌男が言う「形代（かたしろ）」のようなものであれば、ちょっと楽しい気がする。

形代というのは、そこに神が訪れる媒体のようなものと考えられました。別の言い方をすると、それは人間が日常的ならぬ何ものかとコミュニケートする媒体だったのです。

（『道化的世界』ちくま文庫、二一三頁）

そして、言われてみればOriHimeの顔はカーニヴァルの仮面っぽいではないか。

仮面が我々に呈示するのは、〈平俗なものの拒絶〉いわば存在への不安感を武器につかって、人を日常生活から誘い出すといった方向である。

（前掲書、一四二頁）

鳥の羽根のような腕によるある種不自由な身振りは、日常的な道具としての振舞いからは感じ得ないどこか異界的な非日常性を感じさせる。分身には悉く、どこか日常性を異化する祝祭的な作用が備わるのではなかろうか。もっともそれは、私がロマンチックにそう期待しているだけなのかも知れないが、分身ロボットが更に進化して人間に近付き、ある一定の度合いを超えると親近感が嫌悪感に変わる「不気味の谷」現象を超えて本物の人間に限りなく近付いても、そこにどこか無骨なロボット性のようなものが残っていて欲しい気がする。分身ロボットに、我々を「凝固した日常」から誘い出し「『原初の世界』につれ戻す」(前掲書、二三三頁)カーニヴァル的要素があれば、それはきっと恐ろしくも楽しいことであるに違いないと思うからだ。

コロナさん

Ito
AESTHETICIAN
2020.6.24

　分身は、遠いものを近くに引き寄せたり、逆に近すぎるものから距離を取ったりするのに役立つ。それは、自分と自分でないもののあいだに設けられたアジールのようなものだ。この領域があることによって、人間は、思い通りにならないものとの距離を調節することができるようになる。奥野さんが出会ったカリスの人々と疫病のあいだに置かれる木像。吉村さんの語る非日常と日常のあいだにある仮面。お二人の濃密なテキストを読みながら、そんなことを考えた。

　知人で情報学研究者のドミニク・チェン氏は、『未来をつくる言葉　わかりあえなさをつなぐために』（新潮社）のなかで、モンゴルにいる馬の話を書いている。チェン氏はかつて、妻と結婚式をあげるためにモンゴルに出かけた。それは即興の結婚式だったが、滞在先の家長が父親役を演じ、馬に乗って娘を娶（めと）る許可を取りに行くという儀式まで行った。

帰り際、チェン氏は父親役だった男性の兄から、「馬をあげよう」という申し出を受ける。戸惑っていると、「あげる」というのは「持って帰れ」という意味ではないと言う。「この馬はここにいて、自分たちが世話をする。だが、君たちがここを訪れるときにはいつでも乗っていい」

チェン氏は、これを文化人類学者の木村大治のいう「共在感覚」と結びつけながら、この馬がいることによって、モンゴルの人々や動物、景色と「共に在る」ことが可能になったと語っている。馬はチェン氏の分身である。この分身としての馬が、チェン氏と、モンゴルの人々や動物、景色をつなげているというわけだ。物理的な距離を超えて、チェン氏はモンゴルにもいる。

一方、分身は、近すぎるものを遠ざけるのにも役立つ。たとえば、浦河べてるの家から始まった当事者研究では、「幻聴さん」と幻聴に「さん」を付けて呼ぶ文化がある。ただの幻聴は自分に起こった「症状」でしかない。けれどもこれを「さん」づけすることによって、自分とは異なる人格のようなものを認め、そうすることで自分から切り離すことができるようになるのだ。幻聴を自分の制御下に置こうとしない。「向こうには向こうの論理がある」と尊重することで幻聴を自分から分ける。つまり「分―身」化する。

興味深いのは、分身化した幻聴は「仲間」にもなりうる、ということだ。長年幻聴とともに生きてきた林園子さんは言う。「わたしたちのまわりには、幻聴さんを抱えながら暮らしている仲間は多い。（…）松本寛さんのように、幻聴さんが『我が良き友』になってさびしさを紛らわせてくれて、種々の生活上の危険から自分を守ってくれる『生活の必需品』となっている仲間もいる」（浦河べてるの家『べてるの家の「当事者研究」』）。そこにはもはや、幻聴さんとの信頼関係とでも言うべきものがあるように思う。

吉村さんも言及していたように、福岡伸一氏によれば、ウイルスはもともと高等生物の一部であった。新型コロナウイルスのまわりの皮のように見える部分は、人間の細胞膜でできているという。このウイルスは、物理的に考えても、その経緯から見ても、私たちの分身以外の何物でもない。

生活のあまりに近くに入り込んでしまったこのウイルスとの距離を、私たちはどうすれば再調整できるだろうか。そのためには、支配することではなく、むしろ尊重することが必要だろう。ワクチンや特効薬が開発されたあとも、つまりウイルスが私たちから離れたあとも、「そこにいる」という想像力を持てるのかどうか。私たちはいつか「コロナさん」と呼べるようになるのだろうか。

2020.6.20

ようこそコロナちゃん

Okuno

ANTHROPOLOGIST

2020.7.1

体の自由が利かないような場合、分身ロボットが人間に体を取り戻させてくれる。吉村さんは、分身ロボットには現在一種の計り知れなさのようなものが備わっていて、ロボットが更に進化して人間に近付くにせよ、そのような無骨なロボット性のようなものが残っていてほしいと願う。伊藤さんは、体を拡張し、遠くのものを近くにもたらすロボットの分身の機能を反転させて、近くのものを遠ざける「分―身」化について語っている。

「分―身」化とは、本来は煩わしい異質な現象や存在（例えば、幻聴）を「さん」付けで呼び、自分とは異なる「人格」として認めることである。興味深いことに、自分から切り離すことによって逆に、「分―身」化した現象は仲間にもなりうる。

皮のような部分が人間の細胞膜でできており、私たちの分身に他ならない新型コロナウイルスに対しても、そのような認識の転換ができないだろうか。一般に敵視され、打ち負かすべき相手とされるコロナを「分-身」化して、そこにいる存在として「コロナさん」と呼ぶ日は来るのだろうかと、伊藤さんは私たちの想像力の可能性を問うている。

この話を読んで私は、シベリアの狩猟民ユカギールのハンターにとっての獲物のことを思い出した。ユカギールのハンターは、敵としての獲物の大鹿であるエルクを「エルクさん」、いやむしろ「エルクちゃん」ないしは「エルク姉ちゃん」として扱う。彼らが動物を、人間の分身でも「分-身」でもなく、人間存在であると捉えているからである。そうしたことが、デンマークの人類学者レーン・ウィラースレフの『ソウル・ハンターズ』には詳細に描かれている（『ソウル・ハンターズ――シベリア・ユカギールのアニミズムの人類学』奥野克巳・近藤祉秋・古川不可知訳、亜紀書房、二〇一八年）。

ハンターは狩猟に出かける時、正装して着飾る。弾薬帯には、色とりどりの紐やビーズが付けられていて、鞘(さや)つきナイフは金物細工である。それらのモノに獲物は視覚的に惹(ひ)きつけられる。

ハンターは狩猟前夜にサウナに入って、カバノキの枝で体をこすり、エルク姉ちゃんが近寄ってくるように、人間臭を消す。同じ目的で、子や孫を抱くのをやめ、性交渉もやめる。ハンターはまた、小さな儀礼を行う。ウォッカやタバコなどの舶来品を火の中に投げ込んで、エルクの支配霊をみだらな気分にさせてから眠りにつき、夢の中で自らがエルクに扮して、エルク姉ちゃんの家を訪ねる。そして、酔っ払って性的欲望に目がくらんだエルク姉ちゃんとベッドインする。

ハンターは、翌朝エルクの革のコートを身に着けて狩猟に出かける。彼は、エルクが雪の上を歩く音を出して、体を前後に揺らしながら歩いていく。するとどういうわけだか、彼のもとに、性的興奮の絶頂を期待したエルク姉ちゃんが駆け寄ってくる。エルク姉ちゃんは、ユカギールのハンターがエルクを真似ているのを見て自分と同種とみなす。ハンターはハンターで、エルク姉ちゃんを見るとともに、エルクであるかのような自分を見る。

この時ハンターは、エルクである自分と人間である自分という二つの視点の間を揺れ動いている。エルクを見るハンターの視点とエルクによって見られているハンターの視点があまりの速さで入れ替わるため、エルクと人間の種間の境界がぼやけてきて、一体化してしまう。

ハンターはその時、エルクそのものになってしまう「変身」の危険にさらされるが、その危機を乗り越えて、エルクを十分に引きつけて、最後に銃で撃ち殺す。こうした狩猟が、ユカギールでは今日でも行われている。

興味深いのは、ウィラースレフが書いていることである。狩猟の駆け引きの場面で、ハンターが何者であるかは、自らのうちではなく、エルクのうちに見出されるのだと言う。ハンターが何者であるかの秘密を握っているのは、エルクのほうなのである。

エルクの人格性を否定すれば、自らの人格性を否定してしまいかねないため、ハンターはエルクの人格性を否定できないところにまで自らを追い込んでいく。ハンターの「人格としての自己意識は、人格としての動物にこそ依存している」と、ウィラースレフは述べている。

なんと、人間が動物に人格を付与するのではないのだ。狩猟活動に没入していく中で、人格はむしろ動物のほうにあると確信される。それが何であれ、他生／他者とのコミュニケーションの深みに入り込んでいくのなら、相手にこそ人格が先に与えられていると直観されうるのだという。ウィラースレフは、こう感じられることこそが「アニミズム」だと述べている。

こうした動物＝人間観を持つユカギールの人たちなら、コロナに対して、エルクに対するのと同じような態度で「コロナちゃん」と呼ぶこともありうるかもしれないと、私は妄想する。コロナちゃんの次にやって来るのははたして、尊敬すべきウイルスなのか可愛がられる細菌なのか、インフルさんか豚コレラちゃんか……と、想像してみることはできないだろうか、いや難しいのだろうか。

聖なるもの

Man-ichi

NOVELIST

2020.7.7

伊藤氏が紹介したドミニク・チェンの馬との「共在感覚」や、奥野氏の紹介したシベリアの狩猟民ユカギールの大鹿エルクとの一体化を読んで、私は人間が動物と区別されない関係になるという事態について想像しながら、自分の中学時代を思い出していた。

私は勉強が嫌いな中学生で、授業や宿題が苦痛だった。そんな私とは対照的に、毎日実にお気楽に暮らしている飼い犬が私には羨ましくて堪(たま)らなかった。そこである日、私は自室で四つん這いになって歩き回ったり、平皿に容れたお菓子を口だけで食べたりし始めた。つまり犬になったのである。この変身は、精神衛生上、決して悪い経験ではなかった。

動物との一体化という点では、動物と性的な関係を持つ人々の存在を忘れるわけにはいかない。犬や馬をパートナーにして性的営みを行う「ズー」と呼ばれる動物性愛者たちを取材した濱野ちひろのノンフィクション『聖なるズー』（集英社）には、「人間と対等で、人間と同じようにパーソナリティを持ち、セックスの欲望も持ついきもの」（一四七頁）という彼らの動物観が紹介されている。ズーたちは、自分たちと対等の存在であるパートナーたちを、性の側面も含めて全面的に受け止めているのである。

ズーとは、自分とは異なる存在たちと対等であるために日々を費やす人々だ。
ズーたちは詩的な感覚を持っているのかもしれないと、私は思う。
動物たちからの、言葉ではない呼びかけに応じながら、感覚を研ぎ澄ます。そして、自分との間だけに見つかるなにか特別なしるしを手がかりに、彼らはパートナーとの関係を紡いでいく。

（二五四頁）

ここでは人間と動物との交感が成立しているように見える。それは動物と一体化することのヒントを与えてくれる気がする。しかしズーたちのパートナーは飼い慣らされた動物であり、飼い主を決して裏切らないという点で、野生種とは根本的に異なる。ユカギールのハンターと大鹿エルクとの間の緊張感に満ちた駆け引きは、ここにはない。

恐ろしい野生動物と渡り合う興奮について、人類学者の菅原和孝は『狩り狩られる経験の現象学　ブッシュマンの感応と変身』(京都大学学術出版会)で、父親をライオンに殺されたヌエクキュエというブッシュマンの例を挙げている。

ライオンをいくら憎んでも飽き足らない敵として位置づけるとき、私たちは、遭遇を生き延びた人びとの語りを彩る、あの楽しげな表情を取り逃がしてしまう。ライオンと丁々発止の駆け引きを演じることに漲(みなぎ)る戦慄と興奮は、原野を闊歩(かっぽ)する人びとの感情生活の重要な(おそらく不可欠な)一側面をなしている。だからこそ、ヌエクキュエは「父さんはライオンに殺された」話を何度でも語りたがるのである。

(三九八－三九九頁)

新型コロナウイルス感染症は、臆病な私にとってサバンナのライオンのように恐ろしい存在だが、新型コロナウイルスを「いくら憎んでも飽き足りない敵として位置づける」時、我々が取り逃がしてしまうものは一体何だろうか。

考えてみると、我々が真剣に向き合うべき存在として新型コロナウイルスは全く不足のない相手であると言える。人類は、このウイルスに対しては全力で立ち向かわなければならないと感じている。それは専門の研究者や医療関係者、政治家だけでなく、市井の人びと一人一人に日々真剣勝負を要求してくる。少しの油断が命取りになることを、我々は既に知っている。そして、ウイルスという物質か生命体かよく分からない存在の持つ巧妙な仕組みや、人間を人間たらしめてきた進化におけるウイルスの果たしてきた役割の重要性などを知れば知るほど、ウイルスというものが、単なる敵と見なすことのできない奥深さを秘めた存在であることが分かってくる。「我々はすでにウイルスと一体化しており、ウイルスがいなければ、我々はヒトではない」と、分子生物学者の中屋敷均は言う（『ウイルスは生きている』講談社現代新書、五頁）。本当に偉大な存在というものは、我々に畏怖の念と畏敬の念とを同時に起こさせるものだが、エルクやライオン同様、新型コロナウイルスもこのような存在であるに違いない。ある意味、「聖なるもの」（ルードルフ・オットー）と言ってもいいかも知れない。そのようなものを前にする時、我々は否応なく根源的な問いの前に立たされているのである。ウイルスの研究が「我々ヒトとは、一体、何者か」（中屋敷均、前掲書、五頁）という本質的な問いを突きつけてくるのと同様、『聖なるズー』も根源的な問いを我々に投げかけてくる。

人間は動物との間に設けてきた境界を隔てて、「人」というカテゴリーを生きている。人間と動物のセックスは、その境界を攪乱（かくらん）する。ズーたちが提起しているのは、セックスとはなにかという問いだけではなく、人間とはなにかという問いでもある。

（濱野ちひろ、前掲書、一九四頁）

この世界の秘密に触れる度に、新しい事態を前にどう振舞うべきかという決断を我々は迫られることになる。

以下は、自らが性暴力に苦しんだ当事者でもある濱野ちひろ氏の、大変に重い言葉である。

人間と動物が対等な関係を築くなんて、そもそもあり得ないと考える人は多いかもしれない。だがズーたちを知って、少なくとも私の意見は逆転した。人間と人間が対等であるほうが、よほど難しいと。

（前掲書、二五六頁）

疫病の歴史は、黒死病の流行とユダヤ人虐殺など、人間同士の差別と迫害の歴史という側面を持つ。今回の新型コロナウイルスの流行においても残念ながら、武漢市民、ひいてはアジア人、感染者、医療関係者への差別的な言動が見られた。あらゆる種の存在や今回の新型コロナウイルスの流行が我々に問うているのは、人間同士が対等の関係を結べない限り、災厄にも悲劇にも終わりはないという冷徹な事実なのかも知れない。

垂直の家族、水平の家族

Ito
AESTHETICIAN
2020.7.12

ＳＴＡＹ　ＨＯＭＥ。多くの人にとって、コロナの時間は家族の時間でもあった。それまで互いの顔もほとんど見ることなく過ごしていた家族が、突然三度の食事を共にするようになった。仕事も教育も自宅からリモートで参加するようになり、オンラインの会議に甘えん坊の子供が飛び入り参加するハプニングもめずらしくなくなった。

きわめて保守的に定義するならば、家族とは、婚姻によって結びついた夫婦と、その子や孫を中心とする人間の集団である。つまり、そこでは主に垂直的な関係が前提とされている。

ところが、エルクを誘惑するユカギールのハンターや、動物たちを性的パートナーとするズーたちが示すのは、異なる種と水平的な家族を形成する可能性である。彼らと、私たちはどのように関係をとりむすぶことができるのか。

Make kin not babies（子どもではなく類縁関係をつくろう）。「伴侶種 companion species」をキーワードに犬との親密な関係を描き出してきたダナ・ハラウェイは、そう呼びかける（https://hagamag.com/uncategory/4293）。確かに、私たちは今、血縁という垂直的な他者に対して感じるのと同じ親しみを、水平的な他者についても感じるように求められているのかもしれない。

もちろん、現代の家族はすでに前出の定義には収まりきらない多様性を持っている。血縁によるつながりを前提にしない人間関係から成る家族もあるし、ペットや補助犬のようにさまざまな異種との水平的な関係も内包している。ある全盲の知人は、つねに盲導犬の目で世界を見ているので、犬がいないと体の一部が欠けたように感じると語っていた。問題は、こうした関係を、少なくとも可能性のレベルで、どこまで拡張できるかだろう。

言うまでもなく、私たちにとって喫緊（きっきん）の問題は、コロナウイルスという水平的な他者の存在だ。「ウイルスは我々に何を伝えに来たのか」（一一頁）での吉村さんによる言及の繰り返しになるが、生物学者の福岡伸一氏は、ウイルスが人間にもたらす「水平性」に言及していた。

「長い進化の過程で、遺伝する情報は親から子へ垂直方向にしか伝わらないが、ウイルスは遺伝子を水平に運ぶという有用性があるからこそ、今も存在している。その中のごく一部が病気をもたらすわけで、長い目で見ると、人間に免疫を与えてきました。ウイルスとは共に進化し合う関係にあるのです」（毎日新聞、二〇二〇年六月十五日付、東京夕刊）

アーティストの長谷川愛は、この問題についてさまざまな作品を通して問いかけている。三人以上の親から遺伝的につながった子供をつくる可能性を問う《Shared Baby》（二〇一一）、絶滅危惧種であるイルカ（またはサメ）の代理母になって出産する方法をさぐる《I WANNA DELIVER A DORPHIN…（わたしはイルカを産みたい…）》（二〇一一－一三）、同性カップルの遺伝情報から二人の子供の顔をシミュレーションして合成家族写真をつくる《(Im)possible Baby》（二〇一五）、サメを性的に惹きつける香りを開発する《Human × Shark》（二〇一七）……。

何が、私たちの関係を水平方向に広げるのだろう。長谷川の作品の場合、それは境界を超える想像力と、遺伝子工学などの先端テクノロジーだ。もちろん、これらの作品はあくまでフィクションである。そこで描かれていることを実際に実行するとなれば、倫理的な側面や生態系の破壊などさまざまな問題が持ち上がることは間違いない。むろん、そういった問題について鑑賞者に考えさせることも、彼女の作品の一部だろう。

　奥野さんが語るユカギールのハンターのふるまいは、実は長谷川のそれとそれほど遠くないようにも思える。狩猟に出るために彼らが行う儀礼や細々としたルール、あるいは手の込んだ身支度。それらは、彼らが長い時間をかけて洗練させてきた一種のテクノロジーだろう。それは自然と対立するテクノロジーではなく、人間が自ら有限性を超え、より大きな自然と出会うためのテクノロジーだ。吉村さんの言う「聖なるもの」に接近するための、畏れとともにあるテクノロジーだ。

　他者を支配しないテクノロジーとは何か。コロナウイルスが戦うべき敵ではなく、私たちの水平的な家族の一員であると言えるためには、この問いについて考える必要がある。答えはそう簡単に出ないとは思うけれど。

コロナとはうまくやっていけるかもしれないが、人間同士ではそうではないのかもしれない

Okuno
ANTHROPOLOGIST
2020.7.16

伊藤さんは戦うべき敵ではない「コロナさん」に関して、私たちと「水平的な他者であるコロナウイルス」との関係性にまで議論を進めている。そしてそれを「異なる種と水平的な家族を形成する可能性」と呼んでいる。コロナウイルスを含む異種との水平的な家族の関係性を結ぶためには、「自然と対立するテクノロジーではなく、人間が自ら有限性を超え、より大きな自然と出会うためのテクノロジー」、つまり「他者を支配しないテクノロジー」について考える必要があるのだとも言う。

吉村さんは、人間と動物が平等な関係を築くよりも難しいことがあると仄(ほの)めかしている。濱野ちひろさんの言葉を引いて吉村さんは、「人間と人間が対等であるほうが、よほど難しい」

と言う。コロナを含めた疫病の流行時に繰り返される人間同士の差別と迫害をめぐって、「人間同士が対等の関係を結べない限り、災厄にも悲劇にも終わりはない」と見る。

お二人の話を私なりに強引に整理すると、新型コロナ感染症の流行を踏まえて、私たちの前に投げ出された特記すべき課題は今のところ、以下の二つであろう。

第一に、人がコロナウイルスなどの異種との水平的な関係性をいかに築くことができるのかという「人間以上」の関係性の問いである。

第二に、そもそも垂直的に構造化されるようにできているため、それよりも難しいかもしれない、人間と人間の対等性をめぐる「人間的、あまりにも人間的」な問いである。

この二つの課題に立ち向かう手がかりを、人類学の経験主義と、ボルネオの森とそこで狩猟民たちと暮らした私自身の経験に照らして考えてみたい。

〰〰〰

第一の「人間以上」の関係性については、今から七十年ほど前にボルネオ島の狩猟民プナンのフィールドワークを行ったイギリスの人類学者ロドニー・ニーダムの論文に記録された「ヒル」をめぐるエピソードから始めてみよう。

ニーダムがパオン川源流の森の中をプナンと旅した時の出来事である。森にはおびただしい数のヒルがいて、歩くと体の上に数十匹のヒルが這う。夜になり焚火の周りに座って、プナンは足の脛に沿って刀の刃を走らせて、のたくっているヒルを森のほうに弾き飛ばした。鼠径部や隙間に入り込んだヒルを親指と人差し指で引っ張り出し、叢に投げ入れたが、ヒルはいつの間にか戻ってきた。プナンはヒルを殺したり傷つけたりはしなかった。うんざりするようなヒルの除去作業の果てに、ニーダムが爪の間から血を吸って膨れ上がったヒルを摘み出し、はずみで焚火の中に投げ入れた時、同行の一人が烈火のごとく怒って「そんなことをするな」とニーダムをなじった。他の同行者が、その男が言ったことは大したことではないと宥めてくれたが、男は「俺は嫌だ」と嚙みついて、しばらく不満を述べ立てたという（Needham, Rodney 1964 "Blood, Thunder, and Mockery of Animals", *Sociologus* 14(2): 136-148.）。

男の不満の背景には、動物を虐めたり、あざ笑うというタブーを犯すと、サンダー・ゴッド（雷神）が怒って天候激変を引き起こし、雷雨や洪水で人々を罰するという、ボルネオ島だけでなくマレー半島や東インドネシアの先住民に広がる「宗教的な思考と実践」がある。男は、ヒルを焚火に投げ入れて苛むことが、サンダー・ゴッドの怒りを買うことになるのを怖れたのである。

このエピソードは、サンダー・ゴッドをめぐる「宗教的な思考と実践」の実例として読むことができるが、人間の生き血を吸い、人間に危害を加えることさえあるヒルに対して、「水平的な家族を形成する」プナンの意思の表れであると捉えることもできる。

ヒルに噛まれると出血して腫れ、痒みが残る。私自身もタソン川の森で、ヒルの噛み跡から寄生虫（鉤虫）が体内に潜り込み、リンパ腺が腫れ発熱したことがある。そのような害を人にもたらすヒルに対して、プナンは今日でも無用に殺したり、傷つけたりなどしない。吸血ヒルに対するプナンの態度は、伊藤さんの言う「他者を支配しないテクノロジー」の好例である。

プナンは、獲物を手に入れる「主体」として森に入るが、森に入った瞬間、ヒルに血を吸われ、蟻に噛みつかれ、刺のある植物に傷つけられて「客体」となる。彼らは、それらの動植物の餌食になることを適当に往なす。

人間は食べる／狙う存在であると同時に、食べられる／狙われる存在でもある。プナンは、支配しきってしまうのではなく、かといって支配されるのではない関係性を森の中の異種たちとの間で結んでいる。これは、他者を支配しないで、異種との間で「水平的な家族を形成する」ことの一部なのではないだろうか。

こうした人間を超えた、人間以上の領域における「水平的な家族形成の可能性」を、人類はどこかの時点で捨ててしまったのかもしれない。そうなのだとすれば、「異なる種との水平的な家族」を形成する仕方については、人類は過去に何らかのかたちで築いていたか、知っていたことになる。

〰〰〰〰

第二の「人間的、あまりにも人間的」な問い、吉村さんが難しいと直観的に悟った、人間と人間との対等性に関しても、プナンを引き合いにして考えてみようと思う。というのは、彼ら、いや彼らだけでなく、狩猟民は、不断の努力を払い続けることによって、人間と人間の対等性を達成してきたようにも見えるからである。

狩猟で生計を立てるインド洋のアンダマン諸島人は、「人に対するもてなしが好きで、気まえよく贈りものをする習慣があり、財産を惜しみなく貸しあたえるので、彼らの社会は、『富』という問題に関してはいちじるしく平等である」（エルマン・R・サーヴィス『民族の世界』増田義郎監修、講談社学術文庫、一九九一年、三五頁）。アフリカ・カラハリ砂漠の狩猟採集民クンやサンでは、「その日のうちにだれがなにを手に入れようが、その夕食にはキャンプの人間全員がその相伴にあずかる。（…）かもしかのように大きな獲物の場合には、友人や親族などの広い範囲に気前よく分配される」（前掲書、六七頁）。

人類学者のエルマン・R・サーヴィスは、そうしたバンド集団を形成する狩猟採集民には、「分業もなく経済的に平等で、また首長のような固定した地位をもつ指導者もいない」（前掲書、二八頁）と言う。一般に、狩猟採集民はエガリタリアン（平等主義的）な社会をつくり上げていると言われる。

プナンは、分け与えられたモノを惜しげもなく他の誰かに分け与えることが期待されている。私が世話になっている男性に土産として持っていく時計やポーチ、バッグなどは、やがてそれらをねだる別の誰かの手に渡ることが多い。さらにそれらはまた別の人の手に渡る。

もらったモノを他人に分け与えることは、プナンが生まれながらに持つ美徳なのか。いや、決してそうではない。私が年二回のペースで訪ねていくと、ホストは、土産物は人前では出さないように言う。みなが、あれが欲しいこれが欲しいと言ってモノを持ち帰り、手元には何も残らないことを心配するからである。つまり、プナンは本心では、モノを独り占めしたいのである。

ある時、私が幼児に飴玉(あめだま)を幾つか与えると、彼女はそれらを独り占めしようとした。周囲の子どもが欲しそうにしていたが、幼児は飴玉を身に引き寄せて手放さなかった。母親がそれを見て、傍にいた子らに分け与えるように促すと、幼児はようやく飴玉を配り始めた。プナンはそのように後天的に、分け与える精神を徹底的に子どもたちに叩き込む。気前のよさは、決して生得的なものではない。

端的に言えば、プナンは、分け与える精神の注入にできる限りの力を注ぎ込む。この弛(たゆ)まぬ努力をつうじて、誰に対してもモノが等しく行き渡る社会をつくり上げている。人間同士が対等に向き合える共同性が実現されているのだと言えよう。子も親の名で呼びかけ、誰もが対等に振る舞う関係が築かれている。

興味深いのは、与えられたモノをすぐさま他の人に分け与えることを最も繁く実践する人物が、最も尊敬されるという点である。そういう人物は、最も質素で、誰よりもみすぼらしいなりをしている。ほとんど何もモノを持たないからである。持たないことに反比例して、彼は人々の尊敬を一身に集める。彼は人々からビッグマンと呼ばれ、リーダーとなる。

モノを循環させるスピリットを持っていれば、彼のもとには彼のことを慕う多くの人々が集まってくる。彼の言葉は人々に受け入れられ、人々を動かす。逆に、個人的な欲に突き動かされ、モノを独り占めし、個人の富として蓄えるなら、彼の言葉はしだいに力を失い、人々は彼のもとを去っていく。

プナンは、飽くなき努力を傾けて個々人の独占欲を殺いで、共同体のメンバー全体でモノをシェアし、人間同士の対等の関係性を徹底させて、みなで生き残る道を探ってきた。プナンでは、人間内部の、人間同士のエガリタリアニズムが達成されていたのではなかったか。

ひるがえって、私たちはどうだろうか。私たちは、子どもの独占欲を野放しにしておく傾向がある。そのやり方は、個的な欲を無理やり捻じ曲げるのではないという意味で、むしろとても自然なことなのかもしれない。

思いどおりに個的所有の欲を認められた子は、次からは、アレが欲しいコレが欲しいと親にねだるだろう。子らはやがて、自らが個的に所有するようになった知識と能力に従って、社会的な自我を確立する。私たちの社会は、それ相応の知識と能力を持った人物だけが選抜される競争の仕組みによって支えられている。欲が制御されないため、そこでは、人間と人間はそもそも対等ではない。

現代世界では、人間と人間の対等性の実現は至難であろう。人類はかつて、農耕革命以前の狩猟採集の段階において、人間と人間の平等性に関しては、血のにじむような努力を払いながら実現していたのではなかったか。そのことから現代世界を照射してみた時、私たちは遥か遠くに来てしまったという絶望的な気持ちに打ちひしがれることになる。

人間と異種との対等な関係性より、人間同士の対等性のほうが、よほど難しいのかもしれない。

ヒトと人

Man-ichi
NOVELIST
2020.7.22

今ならもう言ってしまってもいいだろうか。

随分前の話だが、私が学校に勤めていた若い頃、先輩教員に仏教を篤(あつ)く信仰しているA先生がいた。彼は家にゴキブリが出るとそっと手で捕獲して窓の外に放つような、種を超えた愛の実践者だった。そしてある日、そのA先生のクラスのヤンチャな生徒が、彼の目の前でふざけてテントウムシを踏み潰すという事件が起こった。その瞬間、A先生はサッと顔色を変え、スポーツで鍛え上げた強烈な平手打ちをその生徒の後頭部にお見舞いしたのだった。それは一種の反射行動であり、どう見ても教育的なものではなく今なら体罰案件だと思うが、その時ゴキブリを愛するほど熱心な仏教徒のA先生のこの突然の激昂に、その生徒には大変申し訳なかったが、私は心の中で吹き出してしまった。

これは、奥野氏の言う「人間と異種との対等な関係性より、人間同士の対等性のほうが、よほど難しい」ということの単純化された例かも知れないと思った次第である。A先生の信仰心は本物であったと私は思うが、やや原理主義的だったかも知れない。自粛警察のように、自分の正しさに固執すると正しくない人間を許せなくなってしまう。人は直接の利害関係のない、自分から遠い存在ほど簡単に愛せてしまう生き物で、「山川草木悉有仏性(さんせんそうもくしつゆうぶっしょう)」というわけで全ての生命を慈(いつく)しむ人や、広く人類愛を説く人が、実は親兄弟とは犬猿の仲であるなどというのは少しも珍しいことではない。

この伝でいくと、大型の高等動物である人間と比べて、細胞構造を持たず「純化するとただのタンパク質と核酸という分子になってしまう」(中屋敷均『ウイルスは生きている』五〇頁)ウイルスは、人間から最も遠い構造を持った存在であるがゆえに愛しやすい存在と言えるかも知れないが、感染すると人を重症化させて後遺症を残したり、死に至らしめたりする点が大変厄介なのである。

既に新型コロナウイルスの影響で人間社会には多くの悲劇が生じており、我々はともすれば「新型コロナとの戦いに勝つ」とか「新型コロナの馬鹿野郎！」とか口にするが、実際はウイルスに対してと言うより、後手後手の政府の対応や、この危機を上手く乗り越えられない社会、そして感染防止ルールを守らない人々に苛立っているのであって、ウイルスを直接憎悪することは厳密にはしていないのではないかという気がする。つまりそれは、東日本大震災の被災者が、地震を起こした地球の地殻変動や、津波を起こした海を直接的に憎悪しないのと同じことなのではなかろうか。これはヒルや蟻や森に対するプナンの人びとの畏敬のこもった態度にも通じる感性であり、ひょっとすると我々が人類史のどこかで捨ててしまった、伊藤氏の言う「異なる種との水平的な家族」を形成する力の残滓なのかも知れない。

改めて今何が起こっているかを考えてみると、一つは人から人へと新型コロナウイルスの感染が日々広がっているという生命現象、もう一つは防疫体制を作りつつ社会全体が変化しつつあるという社会現象であろう。後者は、人間社会特有のものである。

中屋敷均氏は、人間が二つの生を生きているとして次のように述べている。

その二つの「生」とはすなわち、DNA情報からなる生物「ヒト」としての「生」と、脳情報からなる人格を有した「人」としての「生」のことである。

（前掲書、一八七―一八八頁）

多くの生物（ウイルスを含めて）は、このうち「ヒトとしての生」、すなわちDNA情報による「生」しか持たないように思える。

（前掲書、一八八頁）

一方、「人としての生」は、生命の歴史の中で二次的に発生した、恐らく一部の生物だけが持つ特殊な「生」である。

（前掲書、一八九頁）

即ち我々は特殊な生き物なのだ。もし人間に「ヒトとしての生」しかなく「人としての生」がなかったならば、我々は完全に自然に溶け込み、異なる種との間にも境目なく生きていたかも知れない。しかしそうはならなかったし、そのような存在が果たして人間と呼べるのかどうかもはなはだ疑問である。

イギリスの政治哲学者ジョン・グレイの『わらの犬　地球に君臨する人間』（みすず書房）は、人間の思い上がりをこてんぱんに叩いていていて痛快なのだが、その攻撃の矛先は勿論「人としての生」に向けられている。

> 動物が人間とちがうのは自我の観念がないことである。だからといって、動物は少しも不幸ではない。
> （前掲書、六四頁）

自我とは、たまゆらの事象である。とはいいながら、これが人の生を支配する。人間はこのありもしないものを捨てきれない。正常な意識で現在に向き合っているかぎり、自我は揺るぎない。人間の根本的な誤りがここにある。そのせいで、人の一生は夢の間である。

（前掲書、八一頁）

動物は生きる目的を必要としない。ところが、人間は一種の動物でありながら、目的なしには生きられない。

（前掲書、二〇九頁）

労働をひたすらありがたがる現代人はどうかしている。そのように考える文化はほとんどない。有史以前はもとより、歴史をつうじて労働は一種の屈辱だった。

（前掲書、二〇四頁）

人間が犯してきた数多(あまた)の愚行や失敗を思う時、人間は生物として「人としての生」というものに充分習熟できていないのではないかと思えてならない。それに対して「ヒトとしての生」、即ち我々の身体の方は驚くべき生体システムを進化させ、無数の細菌やウイルスとの共生をも成し遂げている。マジンガーZに初めて乗った兜甲児のように、我々は素晴らしい乗り物に乗っているにもかかわらず、きっと驚く程操縦が下手なのだ。

よく考えてみると人である我々にとって、ヒトとしての自分の身体は殆ど異種の存在に等しい。我々の身体を構成する三十七兆個の細胞は、見事な統制を取ってひとつの人間個体として機能しているが、そこには我々の自我や自己といったものは全く関わっていないし、他の生き物から明確に独立もしていないらしい。

形而下の生物としてのヒトは、形而上の「個の意識」と同じ程度には他から独立していない。上述したように我々の体の中には、もの凄い数の腸内細菌がおり、その助けを借りて生きているし、体表の皮膚の上にも一兆個とも言われている常在菌がいる。各細胞の中には、その昔、独立した細菌であったミトコンドリアがいて、ゲノムDNAの半分はウイルスや転移因子等である。そこに他者と切り離した「自己」のような「純度」を求めるのは我々側の特殊性であり、生命に独立性を持ち得るものがあるとしたら、それは『我思う、故に我あり』とした我々の『観念』だけではないのかと思う。
（『ウイルスは生きている』一八二–一八三頁）

新型コロナウイルスが今、我々と深く繋がってこようとしている。ヒトは中屋敷氏の言う「他の生物との合体や遺伝子の交換を繰り返すようなごった煮」（前掲書、一八三頁）の中で進化してきたし、今もヒトが他の生物から厳密には独立していない以上、この侵入はある意味不可避の現象であるとも言える。

確固不変の独立した自我を妄信し、自我など持たない新型コロナウイルスに対して怒りの拳を振り上げても、その拳は誰か他人の頭の上に落ちるのがオチなのではあるまいか。

グラブとアンパン

Ito

AESTHETICIAN

2020.7.31

卒業論文を書いていたころ、学科の先生がこんなことを言っていたのを思い出す。「研究の基本は比較だ。だがおまえら、何と何を比較するかよく考えろ。あらゆるものは、何らかの点で似ているんだ。たとえばグラブとアンパンを考えてみろ。どちらも皮があるじゃないか。ワハハハハ」

先生の発言の趣旨はもちろん、グラブとアンパンのような無関係なものを比較しても意味がない、研究をする際には扱う対象を慎重に選ぶように、ということである。だが、本当にそうだろうか。そのとき私が思ったのはむしろ、いつかグラブとアンパンについての研究論文を書いてみたい、ということだった。あらゆるものが何らかの点で似ている。これ以上希望に満ちたメッセージがあるだろうか。

類似を見つけだす能力は、人間が得意とする「抽象化」の基本である。シンプルな三つの点に「顔」を見るのもかなり大胆な抽象化の作用であるし、乗り物や建築のような人工物に対してさえ人との類似性を見出して「顔つき」を語ってしまったりするのも、同じ抽象の力だ。言語、数字、図形など、あらゆる人類の文明の基本に、類似を見つけ出す抽象化の能力があることは、あらためて指摘するまでもないだろう。

と同時に、思いがけない類似は笑いの種でもある。全く無関係なものが実は関係していたと知らされたときの、脱力するような開放感。それまで自分がこうだと思い込んでいた枠組みが吹き飛ぶと同時に、世界が広がったような気分になる。笑いは単なる清涼剤ではなく、新たな認識が開けたことを知らせる快音である。

実際、障害に関する研究をしているとき、しばしば思いがけない、笑いに満ちた類似性が見つかることがある。というか、私にとってはそここそが研究の醍醐味で、最近ではそうしたスパークが起こる場を意図的にしかけるべく、違うタイプの体を持った人同士に対談をしてもらう機会を作ったりしている。

たとえば十年以上前に失明した全盲の方と、最近片足を切断して日々変化する幻肢とともに生きている人の対談。話していくうちに見えてきたのは、意外にも盲導犬と義足という接点であった。言われてみれば、盲導犬も義足も「自分の一部でありながら自分ではない存在」である。重要なのは、二人がともに、それが自分のところに来るまでの訓練や製造の歴史に強い関心を持っていたこと。そして、そうした来歴を尊重することが、他なる存在を自分の一部として用いるという実感の支えになっていたのだ。対談は最終的にはママ友同士の公園での会話のようになっていった。「うちの子、私がミスしたときはちゃんと謝らないとついてきてくれなくて……」「いま、ちょうどこの子の名前を考えているところで……」

人はしばしば分かりやすい類似性にすがり、それが見つけられない相手を排除しようとしてしまう。もちろん、分かりやすい類似性を共有する相手と「閉じる」こともときには重要だ。障害の世界でも、同じ障害を持った当事者同士だからこそ分かり合える、感情や知恵の交換が必要なときもある。

けれども、似ていない相手とのあいだに類似性を見つけることも、私たちに授けられた能力である。それが重要なのは、単に「隣人を愛せよ」のような道徳的な命令があるからではなくて、類似性こそが私たちを楽にしてくれるからだ。思いもかけなかったものと自分が似ていたことに気づくとき、それまで自分の置かれた状況について考えていたことは、爽やかな衝撃とともに揺らぎ始めるだろう。前ばかり見て目を凝らしていたら、不意に後ろのドアが開いて一気に外の風が入ってきた、そんな感じだ。

私がこのリレーエッセイから感じているのも、同じような風だ。三人それぞれ、違う景色を見て、違う話をしている。でも違うからこそ、思いがけない類似性が見つかり、そのことに救われている。確かに、人間同士が対等な関係を結ぶのは難しいのかもしれない。「ウイルスの脅威にさらされている」という点は全人類にとっての類似性となる可能性があったが、今後ワクチンが製造されるようになれば、それを誰が接種するのかをめぐって、ますます分断が加速する可能性がある。だから、楽観的すぎるかもしれないが、自分にできることをやっていくしかない。グラブとアンパンをつなぐことを今日も考えている。

アニミズム思考のほうへ

Okuno
ANTHROPOLOGIST
2020.7.31

伊藤さんが言うように、このリレーエッセイでは、「三人それぞれ、違う景色を見て、違う話をしている」。「三」には「二」とは違う力がある。誰かと二人きりで対話しているのではない、他の二人の言葉に耳を澄ましながらかき回されたり、時には次第に整理されていく「私の考え」のようなものが、「二」を超えた「三」の醍醐味かもしれない。二人の言葉が自分に戻ってきた時に思いがけず、見方が変わることがある。

さて、吉村さんは、私が吉村さんの言葉を拡張した「人間と異種との対等な関係性より、人間同士の対等性のほうが、よほど難しい」という見方に、自らの経験を例示する。生きものの生を大切にするという仏教（ジャイナ教？）的な信仰を実践する先輩教員である先生の異種への愛が生徒への気づかいを疎外したエピソードが示されている。自分から遠い存在ほど簡単に愛することができる人間が、原理主義者となって、そのことができない人間を許せなくなるというのは、よくある話だ。そのことは、コロナ感染拡大の中、感染が日々広がっているという「生命現象」よりも、「社会現象」のみに右往左往する人間のおかしさ、いびつさに重なるように思える。

ジョン・グレイを引用しながら、歴史をつうじて一種の屈辱であった労働を現代人がありがたがるといったことを含め、「人間が犯してきた数多の愚考や失敗を思う時、人間は生物として『人としての生』というものに充分習熟出来ていないのではないかと思えてならない」と、吉村さんは手厳しい。コロナ禍で労働の大切さを思い知るというのは、収入が減ってしまうからに他ならないのであり全くその通りなのであるが、吉村さんは、「生命の歴史の中で二次的に発生した、恐らく一部の生物だけが持つ特殊な『生』」の操縦が、人間は驚くほど下手なのだと見る。
人間の、なんたるダメ具合。私たち人間は思い上がって、数々の愚考を重ねる稀有な生物種なのである。ここから思い起こすのは、萬壱文学のことだ。萬壱文学は、人間のどうしようもなさを描き出す。小説『流卵』は、吉村さん本人がモデルだと思われる主人公・伸一が、時に女となって世界に向けてオナニーをする物語である（『流卵』河出書房新社、二〇二〇年）。それは、「セックスと妄想に踏み込んで、人間の心理の複雑さや葛藤を緻密に描き出し、人間の滑稽さを全域に沁みわたらせ、端倪すべからざる境地に達した萬壱文学の最高傑作である」（奥野克巳「『流卵』 吉村萬壱 射精する魔女またはオナニーの人類学」「文學界」二〇二〇年五月号、三五三頁）。

人間に対するこの透徹した批判のまなざしが、滑稽を滲ませた潤いのある文学を生むのだが、その怜悧な人間批評に対して、伊藤さんは、吉村さんが提示された見方が、少し厳しすぎやしないかと囁いているように思えてしまう。そして、吉村さん寄りだった私はと言えば、伊

藤さんの提言になびいてしまう。

というのは、そこには希望のようなものが語られているからである。伊藤さんの立場は、端的に述べれば、「類似性」とは私たちを楽しくしてくれる能力であり、類似性に気づくことの中に一縷の望みがあるのではないかというやさしいまなざしに支えられている。

このリレーエッセイでも三人はそれぞれ違う話をしていたが、違うからこそ「思いがけない類似性が見つかり、そのことに救われている」のだと言う。人間同士の対等な関係を結ぶのは難しいのかもしれないし、楽観的な言い方かもしれないと述べた上で伊藤さんは、類似点を見出すことに賭けようとしているように思える。

このことは、全ての楽しくないこと、あらゆる困難は、類似点ではなく、差異に感づき、世界を切り分け、分断することに由来するということの言い換えであるように思われる。はたしていったい、類似しているとはどういうことなのか?

パソコンの画面上に並んでいるアイコンを考えてみよう。ごみ箱は、本物のごみ箱と類似する「類像記号(イコン)」である。画面上で要らなくなったファイルは、アイコンのごみ箱に捨てられる。ファイルをドラッグして画面上のごみ箱に捨てに行く時、私たちは、そのごみ箱と本物のごみ箱の違いに気づいていない。人類学者のエドゥアルド・コーンによれば、アイコンであること（イコン性）とは、差異に対する注意の不在である（『森は考える　人間的なるものを超えた人類学』奥野克巳・近藤宏共監訳、近藤祉秋・二文字屋脩共訳、亜紀書房、二〇一六年、九四頁）

公衆トイレの入り口に示された青い棒のようなシルエットもまた、イコンである。その扉から中に入っていく男性がいるなら、彼は自らの姿かたちとシルエットの違いに気づいていない。棒状のシルエットと男性の姿かたちの類似性に関して「考え」るために立ち止まっていたら、そのうち漏らしてしまうだろう。差異に気づかないで、なぜ自分はこっちに入っていくのかなどと「考え」る手前で判断している。つまり、自らの姿かたちとシルエットを区別しないうちから、その記号の意味を探り当てている。何も気づかないことには記号的なものは何もないのだとすると、このイコン性こそが思考の最も縁（へり）の場所にあるのだと、コーンは言う。差異に気づかないというのが、あらゆる思考の原点である（前掲書、九四頁）。

ここで、類似点について考えたもう一人の人物、民俗学者の折口信夫に登場願おう。彼は、「類化性能」という言葉で、人間の持つ比較能力の一端を示している（『折口信夫全集3　古代研究（民俗学篇2）』中央公論社、一九九五年）。それは、表面的には違っているものの間に、共通性や同一性を直観する能力のことである。折口は、古代人の思考は類化性能によって組み立てられていたと見た。この類化性能が、先に見たイコン性に支えられているのだとすれば、それによって古代人たちは、類似点を、意識的に言語によって取り出すのではなく、思考の最も縁の場所で、差異に気づかない無意識のうちに探り当てていたのではないだろうか。

こういった類似点を見出す思考に、希望を感じるのはなぜか？ それは、類似性の発見能力が、ロゴス以前の直観に支えられているからであろう。その意味で、類似点に直観的に気づく思考は、アニミズムにつながっている。アニミズムとは、自分と見かけはまるで異なるが、内面的につうじ合っていることを直観する思考の様式のことである。

人とクマであれ、人と虫であれ、見かけはまるで違うが、同じような人間味あふれる内面性を持っているとする考えが、アニミズムにはある（フィリップ・デスコラ『自然と文化を越えて』小林徹訳、水声社、二〇二〇年）。そう捉えることによって、人はクマという現実の相手と交渉して世界を築くことができる。人と人以外の存在とともに、人と人の間で――全盲の方と義足の方の間で――同じような内面性を持っていることを直観的に探り当てるならば、伊藤さんが言うように確かに、私たちはなんだか楽な気持ちになれるように思える。

二つの小説

Man-ichi
NOVELIST
2020.8.10

三人寄れば文殊の知恵と言うが、三人という最小集団は、二人が残り一人と距離を置くことによって安定することが知られている（第三項排除論　今村仁司『暴力のオントロギー』勁草書房）。人間に対する「悲観的観測」（吉村、奥野）：「希望的観測」（伊藤）＝二：一という比率から、「悲観的観測」（吉村）：「希望的観測」（奥野、伊藤）＝一：二へと穏やかにシフトさせる奥野氏のバランス感覚と伊藤氏の説得力に、私は大いに感心させられた。

「あらゆる人類の文明の基本に、類似を見つけ出す抽象化の能力がある」「類似性こそが私たちを楽にしてくれる」との伊藤氏の指摘と、「全ての楽しくないこと、あらゆる困難は、類似点ではなく、差異に感づき、世界を切り分け、分断することに由来する」「類似点に直観的に気づく思考は、アニミズムにつながっている」との奥野氏の指摘には、人類の原初的思考の萌芽を想像させて、確かにそれだけで気持ちが楽になるものがあると思った。

類似性を見いだすことは、意味のない三つの点に顔を見るように「意味性」の付与であり、それは意味不明の脅威に対する有効な処方箋となるのみならず、味気ない世界を豊かで意味あるものにする効果もあるだろう。三色菫(すみれ)は、花の模様が人の顔に似ていて「物思い(パンセ)」に耽(ふけ)っているように見えることからパンジーと名付けられたという。レヴィ＝ストロースの「野生の思考(パンセ・ソバージュ)」には、従って「野生の三色菫」という意味もある。

ところで文学の役割とは一体何だろうか。

私の作家としてのセルフイメージは大便にたかる蛆虫(うじむし)なのだが、アテネの民を目覚めさせておくための一匹の虻(あぶ)のようなうるさい蝿(はえ)へと羽化したいと願ってもいる。個人的な嗜好もあって私の小説は基本的に汚い物や不快な物へと傾き勝ちで、そんな自分を、自らを虻と称したソクラテスになぞらえることでこっそり慰めているだけなのかも知れないが。

ともかくも私は、奥野氏の配慮に助けられ、改めて、人類の未来に対して悲観的な自分の「文学的」立ち位置を再確認した次第である。それは一言で言うと、他の生き物と決定的に違う人類の特殊性を殊更に強調する立場、と言えようか。

しかし実際は、奥野克巳氏は無類の文学好きであり、伊藤亜紗氏は「希望とは精神が下す厳密な予測に対する存在者の抱く不信感にほかならない」（『精神の危機』）と書くポール・ヴァレリーの研究者でもあって、お二方とも人類の欠点と痛みを知悉し、私などより遥かに文学通で、私は今更ながら青臭いことを言っているに過ぎないのではある。


奥野氏が思いがけず『流卵』に言及して下さったので（しかも最高傑作！）、私は自分の小説を少し振り返ってみる機会を得た。私は分厚い小説（レンガ本と言うらしい）を書くのが夢なのだが、今のところ私の書いた中で一番分厚い小説が『バースト・ゾーン　爆裂地区』（早川書房、二〇〇五年）である（原稿用紙八二〇枚）。

これには、他の生き物から人類を見ればこうではないかという私の、一種の偏見と言うかオブセッションに近い物の見方がよく表れていると思う。

『バースト・ゾーン　爆裂地区』は、「神充」と呼ばれる牛に似た怪物の持つ管によって問答無用に脳天を突き刺され、脳味噌を吸われて次々に絶命していく人類の狂態を描いたSF小説である。「神充」が人類の脳を吸う理由は、頭の中で絶えず「意味」を考え、意味のない世界では生きられないという人類の生態が、神充にとっては気持ち悪くて仕方がないためである。こんなにも熱狂的に意味を求める生物は人類だけであり、他の生き物は生きていく上で意味など一切必要としないからだ。神充は、病気に冒されているに違いないこのような人類の脳を、吸い込んで食べてしまうことによって地上から消滅させようとする（これは、部屋に落ちている綿埃や小さなゴミを、口に入れて食べることでなかったことにしてしまうという奇癖を持つ私の母がモデルになっている）。そこで人類は、人間と見破られて殺されないために、懸命に意味から逃れようと試みることになる。人間同士意味なく殺し合ったり、幻覚植物によって神懸かり状態になったりと、人間性を脱ぎ捨てるための狂態を演じるのだが、しかしそれは概ね成功しない。なぜならこの世界に意味を見出すことこそが、人類を人類たらしめている根源的な本質そのものだからである。

では人類は、他の生命とはどこまでも相容れない存在なのだろうか。

他の種との共存という点で言えば、こんな私もデビュー時には、人間が他の生命体と種を超えて同化するという究極の共存世界を扱った『クチュクチュバーン』（文春文庫）という小説を書いていた。もっともそれはご想像の通り少しもハッピーな話ではなく、全人類が自分の意思とは関係なく蜘蛛やシマウマの遺伝情報と同化して異形の存在へとメタモルフォーゼしていくという一種のＳＦホラーであった。やがて人類は有機物のみならず岩や事務机などの無機物とも同化していき、世界には化け物が溢れ返る。そして彼らは何かに導かれるようにして一斉に走り出して寄り集まり、一つの巨大な集合体となってクチュクチュと身悶（みもだ）える。万物斉同の極北である集合体の中では「分離してくれ！」という悲痛な声が飛び交い、やがて集合体はバーンと爆発して、そこから蜘蛛に似た無数の生物が飛び散って地に満ちるというのがこの小説の結末である。

種を超えた共生と言うには余りに万物と一体化し過ぎた『クチュクチュバーン』の世界と、意味に縛られ過ぎて特殊化した人類の悲惨を描く『バースト・ゾーン　爆裂地区』の世界との中間のどこかの地点に、小説家として本来このエッセイに書くはずだった人類と他の種との共存の理想的イメージがあると思うのだが、申し訳ないことに、これがなかなか探し当てられないでいる始末である。

ところでゴキブリの季節になった。

仕事場の中には、これを餌とするアシダカグモが頻繁に出没している。生来の蜘蛛恐怖症である私は、トイレなどで特大のアシダカグモに遭遇すると決まってパニックに陥ってしまう。するとアシダカグモの方もパニックになって猛然と走り回り、狭いトイレの中は一挙に阿鼻叫喚地獄になる。万事に於いてこのような極端を排して中庸の道を往けば、もう少しましな仕事ができるようになるのかも知れないが、パニックの中で絶叫しつつもアシダカグモと共に繰り広げる大騒動は恐ろしくも最高の充実感をもたらしてくれるし、小説に於いても極端な世界を妄想するほど面白いとくれば、私の中にはきっと何か自虐趣味のようなものが巣くっているのだろう。

これに対して、新型コロナウイルスは決してパニックに陥ることはない。こうしている間にも我々の体を伝って黙々と機械のように増殖していく強か(したた)さはどこか風格さえ感じさせるが、素人が下手に擬人化するのは却って危険かも知れないなどと自制させるところも侮れない感じで、何度か試みては挫折している関係上「小説に書けるものなら書いてみな」と言われているような気もして、ちょっと腹が立つ。

意味の非人間性

Ito

AESTHETICIAN

2020.8.21

郡司ペギオ幸夫『やってくる』（医学書院）には、こんなエピソードが出てくる。語られるのは著者自身の体験だ。都内からほど遠い場所に出かけた折、昼食用におにぎり弁当とペットボトルのお茶を買い込んで列車に飛び乗った。と、せっかく買ったお茶をホームに置き忘れてきてしまったことに気づく。自責の念にかられながら、今更どうしようもなく、座席に座っておにぎりを頬張ることに。ところが、おにぎりを持った瞬間、彼の頭に浮かんだのはこんな思考だった。

「ああ、よかった。ペットボトルのお茶を忘れてきたから、おにぎりがホカホカだわ」

もちろん、お茶をホームに忘れることと、おにぎりが出来たてであることのあいだには、何の因果関係もない。郡司自身もそれを結びつけることがおかしいということは分かっている。けれども、おかしいと分かっていることとは全く関係なく、考えはやってくるのである。

私にも似たような経験がある。暑い夏の日にあるTシャツを目にしたときのことだ。そのTシャツの地は黒色なのだが、胸から腹にかけ白い線で十五杯程度タコのイラストが描かれていた。タコたちはどれも愉快そうで、おどけながらそれぞれの踊りを踊っている。それを見た瞬間、私の頭によぎったのはこんな考えだった。

「ああ、このTシャツはタコが自分で染めたんだなあ」

この場合は、墨を吐くというタコの性質と、Tシャツの黒さが不意に結びついて、こんな思考が生まれてしまったわけだ。タコがものを染めるわけはないし、ましてそこに自分たちの姿を白抜きでプリントするなんて絶対におかしい。

ある俳優の話も忘れ難い。彼女はテレビのグルメ番組でスイカが嫌いだという話をしていた。ところが、その理由がなんとも奇妙だったのである。彼女曰く、「スイカはカブトムシの味がする」と。

おそらく、彼女はカブトムシが必死にスイカの汁を吸っているところを見たのだと思う

（もっとも、最近では、スイカはカブトムシに与える餌としてはふさわしくないとされているようだが）。そのイメージが脳裏にこびりついてしまい、スイカを食べること＝カブトムシごとスイカを食べることという連想が分かち難いものになってしまったのだろう（だが、そもそもカブトムシの味って？）。

意味って何だろう、と思う。

もちろんそれは、きわめて人間的なものだ。人間は、意味のないところでは生きられない。ドストエフスキーが『死の家の記録』に書き残しているように、最悪の拷問とはだれの目にも意味のない作業を、終わりなく強制することである。たとえば、水を一つの桶から他の桶へと移し、またそれをもとの桶に戻すこと。作業そのものの労力としては、農民や工場労働者が従事している作業よりはるかに小さい。けれども、その作業に何の意味もないという事実が、人にこれ以上ない屈辱と苦しみを与えるのである。

他方、自然には意味はない。このリレーエッセイの最初の回に書いたように、人間はつい、進化を「適者生存」のように目的論的に理解したり、植物のゲノムが大きいことを「環境の変化に耐えられるようにさまざまな可能性を準備しているのだ」と合理的に理解したりしようとしてしまう。でもそれは、人間にとって分かりやすいように変形させた自然のすがたにすぎない。自然は案外、水を一つの桶から他の桶へと移し、またそれをもとの桶に戻すことをやっているだけかもしれない。

意味の生き物である人間は、確かに全くの意味がないところでは生きられないだろう。

でも、自分で作り上げた意味だけでも生きていけない。

ときおり、望んだわけでもない意味をつかんでしまう瞬間がある。ホカホカのおにぎり。タコが染めたTシャツ。カブトムシ味のスイカ。なぜ、自分はこんなことを考えてしまったのか？

それは、郡司の言葉を借りるなら、外部からやってくる意味だ。常識的な因果関係の枠組みで考えればおかしいはずの意味を、疑うより先に確信してしまっている。そんな意味が、世界のなかで生きていくために人間が作った枠組みを、軽々と飛び越えてやってくる。

意味それじたいの非人間性というものが、あるのかもしれない。こうしてやってくる意味はどこか不気味だ。でも、私たちは、その不気味さに時折出会うことを望んでもいるように思う。訳が分からず、その確かさゆえに戸惑い、意味というものの一方的な力に驚く。でも同時に笑えてもくる。そして、爽やかな気分になる。

覚知される世界、コロナの迷い

Okuno
ANTHROPOLOGIST
2020.8.26

道元禅師は『正法眼蔵』の「現成公案」の中で、魚と鳥の経験する世界を描いている。魚は水の中を行けども行けども「きわ」はない。鳥も空を飛んでいくが「きわ」はない。魚自身がなぜ呼吸せずに泳ぐことができるのかと考えるなら溺れてしまうだろうし、鳥自身がなぜ空を飛べるのかを考えたら地面に落ちてしまうだろう。魚や鳥は決してそんなことをしない。人間だけが、主に目と耳を使って、世界を見聞覚知し、考え、意味を生み出す。

だが人間は同時に、魚や鳥のように、覚知するのではない経験を日々生きてもいる。扇子を開いて風を送る時、暑いし風がないため、風が吹いていれば心地よいだろうと憶断し、扇子をいっぱいに開いて風を送ることがその解決になるだろうなどと、いちいち順序立てて覚知した上で、扇子で風を送っている人などいない。人もごく自然に、手に取った扇子を開いて風を送り、扇子を閉じる。

　吉村萬壱さんの小説『バースト・ゾーン　爆裂地区』の中で、牛に似た怪物「神充」が、絶えず意味を考え、意味のない世界では生きられない人間を、気持ち悪いため、地上から殲滅しようとしたというストーリーは、私には、この覚知する人間の振る舞いへの激しい不快感、あるいは厭悪の表れであるように思われる。吉村さんの中にあったのは、この覚知する人間が潜在的に抱え込んでいる、どうしようもない「迷い」をめぐる問題だったのではないだろうか。

〰〰〰

　見聞覚知し、計量比較する世界に生きていると、その世界に通用しない意味や「思考の芽生え」のようなものが奇異に感じられることがある。ふいに直観された事象が、経験後に言葉によって表現されて、変だと感じられるのだ。

　伊藤さんが挙げる、「ホカホカのおにぎり」「タコの作ったTシャツ」「カブトムシの味のするスイカ」の三つの事例は全て、事後に言語化されて、意味が抽出されようとしたものである。スイカはカブトムシ味だから嫌いだという感覚は、分からないではない。しかし、じっくり考えてみれば、カブトムシがスイカを食べているのを見た経験が、カブトムシ味のするスイカ嫌いに結びつく経緯は、世界にある物事の論理の階層を崩壊させてしまうことにもなる。訳が分からず戸惑うというのは、頭の中で言葉によって整理してみた直後に湧き上がってくる感覚であろう。伊藤さんはそれを「外部からやって来る意味だ」と述べている。言語化することで、そこには新たな奇異感、すなわち「迷い」が生じているのだと言えよう。

鎌倉時代の曹洞宗の開祖・道元禅師は、「自己をはこびて万法(まんぼう)を修証(しゅしょう)するを迷(めい)とす」と述べている（増谷文雄全訳注『正法眼蔵（一）』講談社学術文庫、二〇〇四年、四二頁）。万法とは、「一切の存在」、修証とは「修めて悟ること」である。自らの働きにより、言葉を用いて世界を覚知することで人間は、迷いの世界に踏み込んでいく。これに対して「悟り」について、道元は言う。

万法すすみて自己を修証するはさとりなり。

（前掲書、同頁）

一切の存在のほうから自己のもとへと届けられたものこそが、悟りなのである。あるがままの世界をどこまでも自在に、魚は水の中を泳ぎ、鳥は空を飛ぶ。魚や鳥は、世界を覚知することはない。

「諸仏のまさしく諸仏なるときは、自己は諸仏なりと覚知（かくち）することをもちゐず」（前掲書、同頁）。悟るとは、自分が悟っていると覚知することのない境地であるとも、道元は言う。

〈〈〈〈〈〈〈〈〈〈

コロナの時代、患者数や死者数が出され、社会的距離や医療体制が決められ、他方でＧｏ

Ｔｏキャンペーンが発動される。一切が見聞覚知され、計量比較された上で、振舞い方が通達される。その事態に、私たちは戸惑いながら生きている。いや、迷いを生きている。

本来「自然に意味はない」。だが自然は直観された後、言語によって覚知される。科学を用いて計量され比較され、どこか上の方から行動指針が（なぜか）一方的に定められて届けられる。

「外部からやって来る意味」は、「笑えてもくる。そして、爽やかな気分になる」と、伊藤さんは言う。なぜだろうか。それは、手に取った扇子を開いて風を送るがごとく、物事のありのままの自然の所作の形跡が、時には微笑ましいかたちで、時には穢れなきまま、そこに残されているからではないだろうか。

人間のほうから宇宙の真理を悟ろうとして覚知する世界を歩み、ふとその迷いの深さに気づいて、「外部からやって来る意味」を生み出す直前の世界に遊んでみることができるのなら、コロナが生む迷いは思いのほか楽に感じられるようになるのかもしれない。

堆肥男

Man-ichi
NOVELIST
2020.8.31

以下は、異種との共生とは何かということが最近よく分からなくなっていた私が、一冊の本を読んだことでストンと腑に落ちた顛末（てんまつ）である。

私は地方都市の築八十年になる古民家を仕事場としているが、去年、その古民家の向かいのアパートに一頃一人の太鼓腹のおっちゃんが住みついて、やがていなくなった。そのおっちゃんはアパートの扉を全開にし、パンツ一丁で寝転がって一日中スマホの画面を眺めたり、誰かと電話で話したりしていた。アパートには時々、何人かの背広のお兄さん達が出入りしていたので、生活保護ビジネスの餌食になっていたのではないかと思うがはっきりしたことは分からない。とにかく私にとって驚きだったのは、昼間も真夜中も明け方も扉が常に全開になっていたことである。実は窓も全開で、アパートは完全に外界と繋がっていた。当然部屋の中に虫が入ってくる。ひょっとすると猫やイタチも入っていたかも知れない。しかし裸おっちゃんは体をボリボリ掻くぐらいで、一向に気にしていない風なのだった。そして彼は半年ほどでいなくなった。この人が一体何者だったのか、今もってさっぱり分からない。

奥野氏の招きで、二〇一八年の暮れに第二十三回マルチスピーシーズ人類学研究会で発表した時、私は東千茅氏と知り合った。ツイッターで奥野氏が東氏の機関誌『つち式 二〇一七』を絶賛していたので、ああこの人が、と思った。そして『つち式 二〇一七』に記された、奈良県宇陀市の里山で米と大豆と鶏卵を自給しながら、他の生物と格闘しつつ共生していく東氏のダイナミックな実践とその考え方に感銘を受けた私は、嬉しいことに二〇一九年八月に彼と対談することになった。

対談のタイトルは「人類堆肥化計画――悦ばしい腐敗、土になりうる人間」で、東氏はこの時、自身の考えを更に深化させ、人類を堆肥にして大地の栄養にするというぶっ飛んだ計画を胸に秘めていたのだった。話を聞いているうちに、堆肥化とは異種とズブズブの関係になることらしいと当たりがつき、それなら外界を拒絶しないアパートの裸おっちゃんはちょっと堆肥的かも知れないと思ったので話題に上せてみた。すると東氏に「堆肥男」というタイトルを頂戴し、私はイメージを膨らませて、その後このおっちゃんのことを小説に書いた(「文學界」二〇一九年十月号所収「堆肥男」)。この短編小説を書いていた時、私の頭の中では、色白の裸おっちゃんと、真っ黒に日焼けした東氏と、そして奥野氏とプナンの人々とがゴチャゴチャに混ざりあっていたと思う。裸おっちゃんが寝たまま脱糞し、その尻をアパートに闖入してきた野良犬に舐められて「ほほほほっ」と笑うシーンがあるのだが、これは便を垂れた赤ん坊の肛門を飼い犬に舐めさせるプナンの人々の様子をそのままお借りしたものだ。プナンの赤ん坊は「気持ちがいいのとこそばゆいのとで、きゃっきゃっと騒いで喜ぶ」のである(奥野克巳『ありがとうもごめんなさいもいらない森の民と暮らして人類学者が考えたこと』亜紀書房、二〇一八年)。

さてこのたび、東氏がその名も『人類堆肥化計画』(創元社、二〇二〇年)という第一著作を出されるということで、一足先にゲラを読ませて頂く機会を得た。するとこの本の中に、小説「堆肥男」が取り上げられていて、しかもこの小説から「①扉を開く、②寝転ぶ、③甘やかす」という「堆肥になるための三つの要素」(前掲書、一八七頁)が抽出されていたことに私は驚いた。それはつまり、感性の開放、人間が余計なことをしないことで異種の生物がしてくれる、そして進んで異種に利用される、ということなのだが、詳しくは是非本書をお読み頂きたい。

そして私がこの本を読んで何よりも痛快だったのは、ニーチェの「大いなる正午」を思わせる、自他の貪欲さや悪の全肯定と堕落への強い意志だった。ここでの共生は、微温的で牧歌的な里山のイメージとは遠く懸け離れていた。東氏の里山における共生とは、人間を含めた異種同士が剝き出しの欲望をぶつけ合うお祭り騒ぎのことであり、畑は「自己保存を旨とする者たちによる狡猾な政治の舞台」(前掲書、四三頁)なのであった。生きることは即ち殺すことであり、雑草を虐殺し、マムシを惨殺し、大切に育てたニック(鶏)を絞めて食べることの背徳的な喜びの中にこそ、共生の醍醐味があるという。

共生とは、一般にこの語から想起されるような、相手を思いやる仲睦まじい平和的な関係ではなく、それぞれが自分勝手に生きようとして遭遇し、場当たり的に生じた相互依存関係だといえるだろう。

(前掲書、二〇―二一頁)

こうしてわたしは、貪欲な生物たちをこの手で殺し、貪(むさぼ)って生きているのである。
里山は都会よりよっぽど不埒(ふらち)だといえるだろう。里山を牧歌的なおとぎの国かなにかだと勘違いしている連中は、己の欲のまずしさを抱きしめて出家でもしておくがいい。
里山は、歪(いびつ)で禍々しい不定形の怪物なのだ。食い物にされているわたしは里山の胃袋の中にいる。

（前掲書、二三頁）

東氏は牧歌的なものの中に、人間中心主義のエゴイズムを見ている。そしてそこに漂う清貧の思想に「欲求のまずしさ」（前掲書、二四頁）や「支配者の思想」（前掲書、二九頁）を嗅ぎつける。生きる歓びはそういうものを破壊したところにこそ爆発するのである。人間は堕落し腐敗することで幻想の高みから地に堕(お)ち、異種たちと共に、暗く湿った土に生きることを本来とするのだ。

私は東氏の思想は底に達していると思った。底自体に底はない。つまり、堕ちるところまで堕ちて一介の生き物となり果てた人間の覚悟が、ここにはドンと腰を据えていると思った。

「どうしようもない。どうしようもなく生きて、どうしようもなく死ぬのである」（前掲書、二四五頁）

「しかし、このどうしようもない人生というやつは、どうしようもない中に悦びを隠し持っている。それを摑み取るには、どうしようもなさを全身で引き受けるしかないように思う。だからわたしはこのまま、ただ地べたを這いつくばって生きるのみである。ただし、もちろん地べたというのはよくある比喩ではない」（前掲書、二四五－二四六頁）

裸おっちゃんは徹底的に無為な生活を送っていた。差し入れられたスナック菓子とコーラを貪り食い、あとは仰向けになってスマホを見ているだけ。近所の住人は、怠惰の権化であるような彼を皆白い目で見ていたようだが、しかしよく考えてみると一体彼の何が駄目なのか？私はウサギを飼っているが、裸おっさんの日常とウサギの日常は瓜二つで、それはプナンの人々へと間違いなく直結するものだった。人間をひっくり返せば内臓の壁は全て外部になってしまうとすれば、家の扉が全開になっているということは、裸おっさんの内臓と外の世界とは同じ位相にあり一続きのものだと言える。つまり、野良犬の内臓と裸おっちゃんの内臓も、実は繋がっていたのだ。しかしもし野良犬が彼のふぐりを噛んだとしたら、裸おっちゃんは怒り狂って野良犬を撲殺したに違いない。野良犬はその時きっと、死んでいく自分の運命を「どうしようもない」と観念したことだろう。それと同じ覚悟が、裸おっちゃんの白く太った体からも滲み出ていた気がする。まさに彼は、死につつ生きていたのだ。そしてその覚悟は、東氏にもプナンの人々にも同様に備わっている気がする。

異種との真の共生に必要なのはこの覚悟かも知れない、と私は思った。しかもそれはまた、肩の力の抜けた殆ど諦念に近いものではないだろうか。

この覚悟のない人間は、いたずらに不安になってやたら多くの「意味」で自分を武装し、「神充」に気持ち悪がられて脳を吸われてしまうだろう。しかし神充は、地べたに這いつくばって里山と格闘している東氏や、プナンの人々や、蟻になった奥野氏や、タコ柄のTシャツに魅入られている伊藤氏には全く気付くことなく、その傍らをゆっくりと通り過ぎていくに違いない。なぜならこれらの人々はその時、地球そのものに溶け込み、全ての異種と同様に「なにも特別な存在ではない」（前掲書、二二二頁）という次元において意味なく存在しているからである。

生きたいという煩悩はたっぷり持っている。だから新型コロナウイルスには注意を怠らない。しかしもし感染してしまえば「どうしようもない」と思える諦観をも備え持つこと。これが共生ということであれば、私もこのウイルスと共に生きていけるかも知れないと『人類堆肥化計画』を読んでそう思った次第である。

胎盤とバースデーケーキ

Ito
AESTHETICIAN
2020.9.9

腐敗と聞いて思い出したのは、自分の胎盤である。

出産というと一般には赤ん坊を産むことだと理解されているが、実際には、産むのは赤ん坊だけではない。赤ん坊の誕生から遅れること数十分、「後産」というものがあり、それまで赤ん坊と母体をつないでいた胎盤を外に出すのである。後産の前にはちゃんと陣痛もある。

すべての分娩(ぶんべん)を終え、異様な興奮と限界値を超えた全身の筋肉痛に悶(もだ)えていると、ベテランの助産師さんが銀色のバットを持って楽しそうに近づいてきた。「巨大なハンバーグみたいでしょ?」バットの中を覗きこむと、直径二十センチくらいのどす黒い塊が、でれんと横たわっていた。生まれたてほやほやの自分の胎盤である。

もちろん胎盤それ自体は腐っているわけではないのだが、生命を育んできたという意味でこれは大地であり、栄養たっぷりのふかふかの腐葉土のようなものである。葉っぱが発酵し、無数の微生物を抱擁するときに発する、いきれるような熱気。それと同じような熱を胎盤にも感じた。

こんな「大地」が自分の中にあったというのも信じがたいし、自分の内臓が外に丸見えになっている（萬壱さんの仕事場の向かいに住んでいたおっちゃんのように）のも不思議だったが、助産師さんのいう「ハンバーグみたい」という形容はあたっていると思った。確かに美味しそうなのである。

周知のとおり、多くの哺乳類は自分の胎盤を食べるし、ヒトにおいても漢方や健康食品として用いられることがあると聞く。胎盤は英語で「プラセンタ」と言うが、その語源はラテン語の「平らなケーキ」で、やはり食につながっている。効能のほどは分からないが、そのとき感じた「おいしそう」は、生命を支える力を持ったものを自分の体内におさめたいという、根源的な食欲であったように思う。プナンの犬の気持ちがほんの少しだけ分かるような気がする。

思えば胎盤は、まさに母と子という異質な生物を共生させる仕組みである。胎盤があるからこそ、血液が直接混ざり合うことなく、養分や老廃物をやりとりすることができる。この仕組みがなければ、母と子すら共生できないのだ。

そして忘れてはならないのは、哺乳類の進化においてウイルスが果たした役割だ。今川和彦らの研究によれば、胎盤の形成に関わる遺伝子は、もともとはウイルスに由来する遺伝子が関与しているそうだ。異質な生物と共生する仕組みそのものが、異質な生物からやってきているのである。

〰〰〰

先週の木曜日に、祖母が百歳の大往生で他界した。厳密には九十九歳十ヶ月だったのだが、入居していた施設の方のはからいで、亡くなる直前、前倒しの百歳の誕生日会が開かれた。最後の食事は、生クリームののったバースデーケーキだったそうだ。

棺に入れられ、きれいに死化粧をされた祖母は、幸せそうな笑みを浮かべて横たわっていた。私たち生者には別れが必要だが、祖母の体はもうずっと先に行ってしまっている。ドライアイスによってその速度はいくぶんゆっくりにされているけれど、もう私たちには引き止めることのできない自然の力に、この体は呑み込まれている。

うまく言えないのだが、私たちはすでに、いのちと共生しているのではないだろうか。人が生まれ、そして生き、子を作り、死ぬという変化は、根本的には、意志や努力や感情といった人間的な事情とは関係ないところで起こっている。いのちは自然の営みであり、それと併走することはできても、所有することはできない。生まれるとは、いのちの流れにノることであり、死ぬとはいのちに追い越されることなのではないか。私たちはすでに、思い通りにならないものとともにある。

Ⅱ リレーエッセイを終えて

生の全体性を取り戻す

Okuno
ANTHROPOLOGIST
2020.10.1

この四ヶ月の間、吉村萬壱さんと伊藤亜紗さんのお二人のアイデアが繰り出されるのを毎回楽しみにしながら、直観を頼りにそのつど応答してきた。応答して文章をひねり出す過程で、人類学者としてこれまで長期にわたってフィールドワークを行った、ボルネオ島の二つの言語文化集団――焼畑稲作民カリスと狩猟民プナン――のことがつねに頭の隅にあった。ここ十五年近く通い続けているプナンのこともとても気になるのだが、それにもましてこの間ずっと、カリスのことが気にかかってしようがなかったのである。

森のノマドである狩猟民プナンは、何らかの物理的・社会的・精神的危機が生じた時には、それから逃げることを考える。プイッとその場から立ち去ってしまうのだ。新型コロナウイルス感染症が拡大する中で、マレーシアの入国制限措置により訪れることができていないので、プナンを取り巻く感染状況がどういったもので、彼らがどう振舞っているのか分からないが、二〇〇五年にプナンの間で麻疹（はしか）が流行して二十人以上が落命した時は、遠く離れた森に逃げて暮らした家族が幾つもあった。

一方で、定住する焼畑稲作民カリスは、逃げようなどとは考えない。住む家、住む村が決まっているからである。カリスなら、みなで集まって、目の前に迫る危機に対する策を練るに違いない。カリスのことがより気になるのは、彼らのほうが、家の中に閉じこもって、人と会うのをできるだけ避けるという方策を編み出した、私たち日本人に近いと感じられるからなのかもしれない。

以下では、今から二十五年ほど前（一九九四〜九五年）に、私が二年間ともに暮らしたカリスのある少年を襲った精神的・身体的危機とその解決を今回改めて読み直して、彼らのやり方から学んだことについて述べてみようと思う。

インドネシア西カリマンタン州（ボルネオ島）の奥地に住む二千人弱のカリスは、例年九月に森を焼いて、畑を作る。数日間、日照りが続いて草木が乾ききった頃合いを見計らって火入れして、種を蒔く。雨が降らない日々が続く乾季が待ち望まれる一方、乾季はまた、川の水が干上がって細菌性の病気が流行し、人々が病に斃れ死者が出る季節でもある。一九九五年の九月、川の水は火入れにいいいと思えるほどカラカラに干上がっていた。

しかし、本書「『いる』の喪失とは何か？」で述べたように（五二―五八頁）、乾季は、川の水が干上がって、細菌性の疫病が流行する「病の季節」でもある。その年の九月から十月にかけて、カリス川流域では、下痢や嘔吐の症状を発し、二桁を数える人々が相次いで急死し、忙しく葬儀が営まれたのである。

実りを生むための取っ掛かりであり、人々を生かすために望まれる時節が同時に人の死を生み出す。この生と死の交錯、喜びと悲しみの現実が、熱帯の森で米を作って暮らす人々の日常に深い陰翳を落としている。

身の周りで相次いで起こる死が、隣村の少年イドリスをおかしくさせているという噂が伝わってきたのは、火入れが終わってしばらく経った十月の終わり頃のことだった。数日後にイドリスの家を訪ねると、少年は、赤道直下の熱暑の昼間なのに布団にくるまって小さくなり、小刻みに震えていた。見ると、目の焦点が合っていなかった。

母親から話を聞くと、ある日イドリスが夕闇迫る中、何気なく屋外を見ていると、葬儀を出したばかりの叔母が通り過ぎて行った。別の日、同じく急死した従妹の幼い娘が、寝入りばなにイドリスの枕元にやって来た。夜、寝ていると何者かが布団に潜り込んできて、胸を押さえつけたこともあった。

イドリスは、夜になるとうなされたり、突然大声で叫んだりした。昼間には、突如わめき散らし、暴れまわって、手が付けられないこともあった。やがて発熱し、何ものかにひどく怯え、時にはぐったりするようになった。

その場にいた従兄が、イドリスは「ダパ・ラオラオ・ボー」だと私に囁いた。カリス語で、ダパは「〜にされる」を意味する接頭辞、ラオラオは「気違い」、ボーは「何か」つまり「霊」のことである。イドリスの不可解な行動と高熱は、邪悪な霊に「気違い」にされた時に典型的に見られるものだというのである。

夕方になって、イドリスは突然目を見開き、「何かいる！」と叫んで、裏戸のほうを指差して、ガタガタと震え出した。母親が抱きしめようとする腕を振り払って、一時暴れ狂わんばかりとなった。その晩、女性のシャーマンが呼ばれ、夜を徹して儀礼が行われることになっていた。

シャーマンは夕暮れにイドリスの家にやって来た。屋内で、オイルランプの薄暗い光に照らされて、シャーマンは銅鑼（どら）を打ち鳴らし、ブランコに乗って揺れ、歌を歌い、踊りを踊った。意識を変容させたシャーマンは、彼女が力を貸してほしいと頼む複数の精霊たちを呼び出し、自らに憑依（ひょうい）させると、夜の闇のどん底で、目に見えない世界へと飛翔し、イドリスを惑わしている邪悪な精霊たちを殺害した。刀にはべっとりと血糊が付着しているのが微かに見えた。イドリスの魂は、ひよめきから身体のうちに戻されたのである。

シャーマンは、自らに憑依し、力を貸してくれた精霊たちの名前を一人一人呼んで、丁重に時間をかけて名残を惜しみつつ送り返した。彼女は、霊たちの住まう世界の向こう側が途轍もなく大きく、計り知れないことを、何度か口にした。精霊たちは、人間をはるかに超えた大宇宙から、人間に手を貸してくれたのだ。私たちはそのことをよく知っておくべきだと、歌の中で繰り返し唱えた。

家族や隣近所の参加者たちが、砂糖をたっぷり入れたコーヒーを啜(すす)りながらお喋りをしているると、夜が白々と明けてきた。イドリスは、弟たちと重なり合って、ぐっすりと眠っているようだった。夜明けとともに目を覚ました時、イドリスの熱は引いていた。彼は何事もなかったかのように、寝ぼけまなこの普通の少年に戻っていた。立ち上がるやサンダルをつっかけて、小用を足しに、屋外に駆け降りた。

〰〰〰

当時私は、このエピソードを、シャーマニズムの事例の一つくらいにしか考えていなかった。そこで起きていることを、はっきりとつかむことができていなかったように思う。四半世

精霊を殺害するための刀を持ってブランコに乗り、
歌を歌いながらトランス状態に入るシャーマン

紀の歳月を経て、今回ふと思い立って、テープ起こししてあった文字資料を読み直してみて、イドリスの病がどのようなものであり、その夜何が行われていたのかが、少しだけ分かったような気がする。

シャーマンが邪霊を殺害するパフォーマンスは、儀礼全体のクライマックスではあるが、その夜の儀礼のほんの一面にすぎなかったことに気づいた。そのパフォーマンス以後の儀礼は、力を貸してくれる、ソロンゲやニャン・キレットやサラウなど、彼女の「恋人」の百六十人にも及ぶ精霊たちに対する愛（いと）おしみや別れづらさを伴うシャーマンの言葉が溢れていた。シャーマンは、人間を超えた精霊たちの力と美しさを褒め称えるだけでなく、空の彼方にある霊的な大宇宙の雲のフォルムを賛美し、死者が遡っていくメラウィ川の雄大さを愛でていた。

〰〰〰

テクストを読み直して分かったことは、私が当時、夜通し行われた儀礼のクライマックスである精霊殺害の華麗で劇的なパフォーマンスにすっかり目を奪われてしまっていたということであった。逆に、十歳にも満たない男の子が、周囲で連続して起こる死に少なからずショックを受け、気が違っていたことを過小評価してしまっていたのではあるまいか。私自身もその時、ことによると死は私にも起きるかもしれないと怯えたことを思い出した。

その時、イドリスにとって、彼が日々生きがいを感じながら暮らしている「全体的なるもの」がすっかり様変わりし、失われてしまったのではなかったか。生の全体性が失われ、イドリスの健康が崩れたのである。

英語の「健康（health）」の語源が「全体」を意味する「hale」であることを踏まえれば（D・ボーム『全体性と内蔵秩序』井上忠・伊藤笏康・佐野正博訳、青土社、一九八六年、二七頁）、「全体性＝健康」が失われたのだと言うことができるだろう。量子力学者デヴィッド・ボームの言葉を借りれば、全体性が失われ、世界が「断片化」してしまったのである。

ボームは、この断片化した人間を、科学は独自の偏った世界観に基づいて扱ってきたのだと批判する。「運動と抜き出しの終わりない過程」（前掲書、一二頁）である全体性から断片化された個人が究明の対象とされ、処置されることになる。個人には、ある程度のノイローゼは不可避であると考えられ、「断片化の『通常の』限界を超えた人びとは、偏執病や精神分裂病などの精神病者とされている」（前掲書、二五頁）。

精神医学という科学では、全体性から切り離され断片化され、自律的な存在となった「個人」が、その人間としての全体性ではなく、「精神」へとさらに断片化され、再断片化された精神が自律的な存在として扱われる。

ボームは、次のようにも言う。

> 断片化が、人びとの意志や欲望から独立した自律的な存在であるかのように受け取られることになる。そのため、断片化をもたらしたのは、断片的世界観に従って行為している自分自身なのだ、という事実が見過ごされてしまうのである。
>
> （前掲書、二六頁）

今では全体性から断片化して思考対象とし、それを扱うのが、科学的思考を頼みにする人間であるという事実がきれいさっぱり忘れ去られてしまっている。

精神を独立した実在として扱うことは、ボームによれば、世界が具体的にどうあるかについての知識ではなく、洞察の一形式、つまり世界の一つの見方にすぎない（前掲書、二六頁）。断片化思考に基づいた精神医学上の処置がとられていたならば、あの時、イドリスが翌朝に身体的・精神的にすっかりと本復したような劇的な解決には到底至らなかったであろう。現代インドの哲人クリシュナムルティが反語のかたちで問うているように、「精神が断片化していたら、生の全体性に気づくことができるでしょうか」（J・クリシュナムルティ『生の全体性』大野純一・聖真一郎訳、一九八六年、平河出版社、二頁）。

〰〰〰

振り返れば、カリスのシャーマニズムとは、イドリスの生の全体性を見究めて、それを取り戻すための試みだったのではあるまいか。イドリスはその時、字義通り「気が違った」のである。

全体性とは、人間の外側にある何か大きなもの、制御できない自然である。それは、個々の人間の内なる自然および精神と、ふだんは連絡通路のようなものでつながっている。そしてそれらの間には、「気」のようなものが流れている。身の周りの人たちに襲いかかった相次ぐ死によって、人間と全体性という内と外の間をぐるぐると循環する気の流れが途絶え、イドリスの気が違ってしまったのである。

ここでいう気とは、『理気差別論（りきしゃべつ）』の中で沢庵禅師のいうそれに近い。

山川気者依山川動静。艸木之気依艸木動。水土之気依水土動。人物之気依人物動。

（『沢庵和尚全集　巻一』沢庵和尚全集刊行会・巧芸社、一九三〇年、一六頁）

山も川も、草も木も、水や土も、そして人間も含む森羅万象は、それぞれが気を発しながら、全体性をつくり上げる運動に関わっている。全体性は、山川草木や水土や人間が制御できるようなものではない。人間はむしろ、その全体性の動きに応じて動くちっぽけな存在である。イドリスの中で違ってしまった気はその夜、ふたたび彼が全体性に自らを預けることによって、生気を帯びて往還するようになり、もとに戻ったのではなかったか。
シャーマンは、気の流れが滞留することにより断片化して、ある見え方に凝り固まってしまったイドリスの個を解体し、一切の万物を生み出し動く、人間をはるかに超えた大宇宙の、人間の力では制御できない全体性にゆだね返したのである。エロティックな関係で結ばれた、たくさんの精霊たちの力を借りて。そうした「流態」(D・ボーム、前掲書)を再調整する役として、カリスの人々を導いてくれる存在がシャーマンなのであった。

〰〰〰

作家の五木寛之は、「『見えない不安』に『心の抗体』を」(「文藝春秋」二〇二〇年十月号)と題するエッセイで、「目に見えない」コロナが私たちの心を徐々にむしばんで、世界中を不気味な不安に陥れている中で、私たちの精神にも「心の抗体」が必要ではないかと訴えている。自然災害や疫病が頻発し、内乱が後を絶たなかった十三世紀の日本に法然、親鸞、日蓮、道元が出たように、危機の時代には救世主や英雄が出現するはずである。ところが、現代には精神の水先案内人（チチェローネ）が現れる気配がない（前掲書、二二六頁）。私たちは、導き手としてのシャーマンなき時代を生きている。

五木は、「この感染症はおそらく、闘っても闘ってもすぐには終わらず、ダラダラと続くでしょう。心がしおれて来た時に、コロナ鬱というような『心の病』に悩まされる人も出てきてしまうでしょう」（前掲書、二三一頁）と、コロナが私たちの精神の深い部分に及ぼすであろう影響についての見通しを語っている。

その上で、「究極のマイナス思考」から始めてみるしかないのではないか、コロナが完全になくなってしまう期待などせずに最底辺の絶望から歩き出してみてはどうかと勧めている（前掲書、二三一頁）。

自らの著作『歌いながら夜を往け』のタイトルの由来に触れて、五木は以下のように述べる。

> いまを「夜」として受け入れる。「朝」が訪れる見込みがあるかもわからない。だけ

ど、口笛を吹きながら「夜を往け」。「夜」だからといって、陰々滅々とうなだれている必要はないのです。一方で、「夜明けは近い」と過度な期待を寄せることもしない。

（前掲書、二三一頁）

私たちもいま、「夜」を受け入れ、口笛を吹きながら歩いていくしかないのではないか。朝は歩いていくなかで明ける。

（前掲書、二三一頁）

五木は、人間の力が到底及ばない、制御できない大きな目に見えない力に逆らわず歩いていく感覚を、私たちが取るべき態度として説いている。その態度は、断片化してしまった個を解体して、気の流れに乗せて全体性に加わらせ、その目に見えない力の動きに合わせようとするカリスのシャーマニズムに似ているように思える。どちらも、制御できない生の全体性をしっかりと捉えているからである。

生の全体性を見極めて、人間の身体と精神を、人間の外側にある、人間の力をはるかに超えた自然へと滞りなく通じている状態へと戻してやることによって、その間の連絡通路に流れる気の活動を復活させていく。そうした境地へと踏み込むことが大事なことなのではないかと、私自身はこのリレーエッセイをつうじて考えるようになった。コロナ危機が私たちに投げかけているのは、「お前たち人間の生は断片化しているのではないか。もう一度、俺たちとの関係を見つめ直してみよ」という、自然から人間への垂訓なのかもしれない。

帯状疱疹ウイルスと私

Man-ichi

NOVELIST

2020.10.10

そこそこ長く小説家などをやっていると、自分の書いた内容が現実化するということをたまに経験する。人間が異形化する『クチュクチュバーン』を書いた後、私は小説が書けないストレスから群発性の円形脱毛症になった。頭が異形化したのである。そのせいで頭にバンダナを巻くことになって今日に至っている。今回はウイルスについてあれこれ書いた結果なのかどうか、最近、右腹から右背中にかけてウイルス性の疾患である帯状疱疹（たいじょうほうしん）ができた。三十年前にも一度なっていて、再発した格好である。発症してから一ヶ月が経つが、傷はほぼ治ったものの痛みが引かない。神経痛が残ってしまうと厄介なことなので、ペインクリニックに行って痛み止めの注射をしてもらったが、これがまた五ヶ所に打たれてとても痛かった。

帯状疱疹というのは水疱瘡の再発である。二十九歳の私に帯状疱疹を発症させたウイルスは、その後三十年間私の神経細胞の中でじっと息を潜めていて、今回私の免疫機能が何らかの原因で低下したのに乗じて再び活性化したらしい。ある種のダニは木の下を動物が通るまで枝の上で五年以上待っているのが観察されたと何かで読んだことがあるが、三十年待ち続けるというのは並みの忍耐力ではないと思わざるを得ない。生物とは言い切れないウイルスという存在ならではの離れ業なのだろう。条件が整うとスイッチが入り、活動を再開する一種の機械のようなものか。その痛みは尋常ではない。痛みが長く続くと精神的に落ち込んでしまい、鬱病になるのではないかと心配になった。

ウイルスは容赦がない。「ウイルスさん、お手柔らかにね」と語りかけたところで、そんな言葉は一切無視してただ自分の法則に則って活動するだけである。ウイルスとの共存と言っても、一旦ウイルスの攻撃を受ければのた打ち回って苦しむしか為す術がない。これは新型コロナウイルスにしても同じだ。うまくいけば快癒するが、下手をすれば帯状疱疹の場合は一生神経痛が残り、新型コロナウイルスの場合は命を失う。

帯状疱疹の痛みには波があり、痛みの中にあるときはこんなウイルスと共存するなんて真っ平だと敵意が剝き出しになってしまうが、しかし痛みが治まると一種の諦念が湧いてきて、ウイルスが人間にもたらしてきた進化について思いを馳せたりしながら、自分という肉体を共有するこの不思議なウイルスという存在にも、確かに居住権のようなものは存在する筈だよなと苦笑している自分がいるのもまた面白いところである。私は抗ウイルス薬や痛み止めを服用しながらウイルスの封じ込めを図っていて、その意味ではウイルスを敵と見做して戦っているわけだが、ウイルスはウイルスで自分の権利を主張しているだけであって、一旦バトルが始まってしまうとどこかで両者が折り合いをつけるまでこの戦いは終わらない。

帯状疱疹が再発する確率は四％と言われており、私は何故かその少ない症例に入ってしまった。しかしそんなことには特段の理由も意味もない。そもそもウイルスそのものに理由や意味はなく、この発病は、伊藤氏の言う「不気味」さ（一二二頁）なるものの不意打ちであったと言える。そして確かにこの一ヶ月間の苦しみには、伊藤氏が見事に言い当てたように、笑える何かがあったのもまた事実であった。突然目覚めて、勝手に自分のことをして、やることを済ませるとさっさと消えたり休眠したりするこのウイルスという存在には、飼い主である私が尿管結石の激痛に見舞われ、担架で救急隊員に搬送されていくのを横目で見ながら、いつも通り平然と牧草を食べていた飼いウサギのうーちゃんに通じるユーモアのようなものを感じざるを得ない。それは、「そもそもお前ら人間の存在にも理由もなければ意味もないんだよ」と言っているようで、どん底の笑いを誘う。

東千茅氏流に言うなら、私とウイルスという意味もない存在同士が自己保存を懸けたこれまた意味のない戦いを繰り広げる舞台は、私の肉体という一種の「里山」なのかも知れないと思う。私は身体なしには存在し得ないが、身体そのものではない。私の身体は、私が膨大な数の細胞や細菌、ウイルス、寄生虫といった存在と共に生きる場であって、私だけの占有物ではない。私が気絶したり眠ったりしていても、私の肉体は勝手に呼吸したり細胞を入れ替えたり、免疫機能を働かせたり、分解したり吸収したりとありとあらゆる生体活動をやってくれて、その活動の多くに無数の細菌が関わっている。考えてみれば、帯状疱疹と戦っているのすら私ではない。私はただ「痛い」とか「鬱々とする」とか「ウイルスの野郎」とか思っているだけで、戦っているのは私の免疫であり、抗ウイルス薬なのである。従ってウイルスに対して「ここは俺の土地だから出て行け」と言う資格が私如きにあるのかどうか、それは大変疑わしいと言わざるを得ない。

小説的な妄想を許してもらえるなら、この地球に存在する生命の大きな流れのようなものがあって、人間の肉体というのは他の動物や昆虫や植物といった存在同様、その流れの中に位置する一つの突起物のようなイメージを私は持っている。一種の結節点と言ってもよい。そこに細胞や細菌やウイルスや寄生虫や化学物質が引っ掛かって溜まり、限られたスペースの中で生き延びようと活動しつつ一時的な平衡状態を保つ。これが我々の生である。生命や物質にとって生存条件の整った泥溜りのようなこの肉体は、しかし次第に老化によって免疫系の暴走を起こし、免疫的自己の同一性を内側から崩壊させて死に至る。すると肉体は分解して外へと流れ出し、元の生命の流れの中に還っていくのである。このイメージは、裏を返せば伊藤氏の言う「生まれるとは、いのちの流れにノることであり、死ぬとはいのちに追い越されることなのではないのか」（一三九頁）ということに重なるのではないかと思った。

それにしても帯状疱疹は痛い。

この痛みの経験の中で、私がウイルスと付き合っていく中で最もしっくりきたのは、奥野氏がヒルや蟻に対してプナンの人々が取る態度として用いた「往なす」（八八頁）という言葉であった。帯状疱疹のウイルスは私の神経を食い破っていて、言わば私は彼らの餌食になっている。医者は、神経痛を残さないためには、痛みを極力意識せず、記憶に留めないことが肝要だと言った。いたずらに意識すると、かえって良くない結果になってしまう。新型ウイルスに対しても、あたかも草食動物がライオンとの間に距離を取りつつ草を食むように、適当に往なしながら付き合っていくのが一番良いのだろう。

一つ言えることは、帯状疱疹ウイルスとの一ヶ月を通して、憎い相手と取っ組み合いの喧嘩をした後のように、痛みを通したコミュニケーションを取り続けた結果、私とこのウイルスはもはや他人ではなくなったということである。一ヶ月間にわたる濃密な情報交換の内容はとても言葉には表せないが、それが掛け替えのない営みであったことは間違いないような気がする。

とにかくウイルスは強い。互いの存在に意味はなくても、強い相手と渡り合うことには意味がある。新型コロナウイルスをめぐる奥野氏、伊藤氏とのリレーエッセイも、私にとってはまさにそのような意味で大変手応えのある経験だった。お二人に心から感謝したい。

想像力の果てからやってきた使者

ito
AESTHETICIAN
2020.10.10

二〇二〇年が明け、二月、三月と身近なところにもウイルスの気配を感じるようになるにつれて、言葉が溶けていくような感覚を覚えていた。ウイルスの正体に関して確定的なことはまだ何も分かっていなかった。昨日報じられた情報が翌日には訂正され、朝に結ばれた約束が夕には反故（ほご）にされる。新事実が明らかになるのは喜ばしいことだが、その「新事実」もまた誤りであるかもしれないという疑念がぬぐえず、どんな言葉にも体重をかけないように過ごしていた。言葉の賞味期限がどんどん短くなる。これが、「日常がひび割れる」ということかと思った。

自分自身も、そのような状況で言葉を発することには積極的になれなかった。原稿などの依頼も、すべて断っていた。自分たちが主催する予定のイベントも、中止することにした。探していたのは、数日で役に立たなくなるような情報としての言葉ではなく、この混乱した日常に自分なりの形を与え、そこから問いを引き出すための確かな足場としての言葉だった。しかし、そんな言葉はなかなか見つからなかった。私は失語症のような状態に陥っていた。とてもイライラしていたと思う。

五月に入ってもその状態は続いていたが、リレーエッセイのお誘いを受け、思い切って受けることにした。まず、奥野さんと萬壱さんという、ヤバさにおいて崇敬している二人の豪傑と一緒に言葉探しができるということが、何より心強かった。加えて、奥野さんが書かれた第一信に、「生命と自然の問題」というテーマが書き込まれていたことも、重い腰をあげる後押しになった。

私は、今回のコロナ禍がつきつけた大きな問題は、人間の想像力の貧困さだと思っていた。そして、コロナ以前の従来の想像力の外に出るヒントが、「生命と自然の問題」というテーマには含まれている気がした。

コロナ以前の想像力とは、一言でいえば、近視眼的な想像力である。自分の生活が何によって支えられ、またどんな影響をもたらしうるのか。この点に関して、きわめて限られた範囲にしか思いを馳せない想像力である。たとえば、衣服。その服がどの国のどの地域のどのような工場で作られ、その工場の労働環境はどのようなものであり、さらにそこで働いている人がどのような家族とともに暮らし、何を食べ、どんな服を着ているのか。私たちはふだん、そういったつながりのことを忘れている。あるいは服になる前の布地がどのような植物から作られており、その植物がどのような品種改良を経たもので、どのような経緯でその地で栽培されるに至ったのか。それを栽培することが環境にどのような負荷をもたらしうるのか。服を着るとは、本来はそういったあらゆるつながりを着ることであるはずなのに。

地球上の一点から飛び出たウイルスは、またたく間に地球全体を覆った。ウイルスは、感染という仕方で、地球規模の接触のネットワークを可視化して見せたのだ。途方もなく複雑なこのネットワークに人間は大きな責任を負っているはずだが、私たちはもはやその全体を想像力によって把握することができなくなっている。新型コロナウイルスは、そんな人間の想像力の果てからやってきた使者に思えた。

リレーエッセイが始まってみると、それは三人でひとつのテーブルを囲みながら、そのテーブルのうえに、考えるヒントとなる事物を順番に置いていくような作業であった。観念の応酬でなかったことがとにかく楽しかった。ある物が追加されることによって、それまでに置かれていた物の配置や意味が少しずつ変わっていく。事物による対話は、意味があとから作られる。宛先も後先も考えずに言葉を投げて良い場があったことは、先の見えないこの時期に、自分と他者への信頼を取り戻させてくれた。奥野さんと萬壱さん、そして担当の内藤寛さんには感謝の気持ちでいっぱいである。

そして今、私はふたたび失語症の状態にあるように思う。ただしそれは、足場もなく混乱に巻き込まれていた当初の失語症とは違う。今はむしろ、しゃべるよりも聞いていたい。積極的に黙っていたい、そんな失語のモードだ。リレーエッセイが与えてくれた最大のものは、「聞く」だった。足場が安定したことで、私は「自分でない存在を聞く」という能力を回復することができた。

ひび割れた日常を生きるためのブックガイド

奥野克巳の五冊

Off the Grid:
Re-Assembling Domestic Life

Phillip Vannini and Jonathan Taggart

Routledge 2015

コロナの感染拡大に伴ってテレワークが広がっていく中で気になったのは、テレワークが電気の安定供給の上に成り立っているという事実だった。

二〇一一年の東日本大震災直後に海外から帰国した折、成田空港から都内までの屋内の照明がずいぶん薄暗かったのを思い出す。その後しばらくは計画停電や節電が行われ、脱原発と代替エネルギーの道が模索された。それからまだ十年も経っていない。

コロナではオンライン化が社会的急務となり、電源確保問題は俎上(そじょう)に載せられなかったように見える。震災後には人々の「絆」が重んじられたのだが、コロナ以降は「三密を避ける」ことが求められている。常なるものは何もない。

人類学者ヴァニーニらの『オフ・ザ・グリッド』は、カナダで「グリッド」（電力・ガス会社から送られる供給網）から離れて、自ら発電し生活用水を手に入れて暮らす人たちの調査に基づいて書かれた民族誌である。太陽が照っているかどうかを気にしながら電気を使用するという、自然と結びついた暮らしが描かれる。電力のグリッドは、人間の生と分かちがたく結びついている権力に他ならない。

『新装版 進みと安らい――自己の世界』
内山興正著
サンガ 二〇一八

新型コロナウイルスに医学・公衆衛生面でどのように対応し、社会・経済面でどのような措置が講じられるべきかという実践的課題はとても大事なことだけれども、地球上の人類を等しく病と死に追いやる新型コロナ感染症は、それ以上に、私たちに重要な哲学的課題をもたらしたのではなかったか。全世界の新型コロナ感染症の死者が百万人に達したこと（二〇二〇年九月末現在）は、死によって終わる自己の有限性という問題をまざまざと私たちに突きつける。

ハイデガーのいう、日常に埋没し、頽廃的な「ダス・マン（現存在）」を思いながら、内山興正の『進みと安らい』を読んだ。ダス・マンすなわち我々は、人間の生存と日々の安定をアタマだけで考えているのだ。そのことを「生存ボケ」してしまっていると絶妙の言い回しで表現する内山禅師は「自己ギリの自己」を発見し、自己そのものに返れと唱える。

私たちはやがて必ず死ぬという事実に向き合い、「生命の実物」を一心に見つめよと説きながら、アタマだけで考えた世界のヤッサモッサを批判する。死と隣り合った生に深く斬り込んだ内山の書は今、もっと広く読まれていい。

『他力』

五木寛之著

幻冬舎文庫　二〇〇五

新型コロナウイルス感染症の拡大とその影響の広がりは、科学や合理を隅々にまで行きわたらせてきた今日の世界においてもなお、目に見えない大きな力が全人類を揺さぶることを如実に示している。

キリスト教会の権威の前に「虫けら」同様であった人間は、十四～十五世紀のヨーロッパのルネサンス期になると「虫けら」なんかではないとされるようになった。それ以降、人間の力が見直され、ヒューマニズムの勃興とともに、人間は「自力」で近代以降の世界を打ち立て、ついには地上の王者にまで昇りつめたのである。ところがコロナ禍の今、人間は人間以上の巨大な力に圧倒され、右往左往している。

「他力」とは、浄土系の仏教で「わが計らいにあらず」に、衆生が阿弥陀仏によって救われることを約束する、目に見えない力のことである。作家の五木寛之は近年、他力論を、仏教の文脈を超えて、目に見えない大きな宇宙の力と捉え、私たち人間の外側にある、制御できないエネルギーや力に対して謙虚になるべきだという思想にまで高めている。

『地獄は一定すみかぞかし――小説 暁烏敏』

石和鷹著

新潮文庫 二〇〇〇

下咽頭癌の手術で喉に暗い穴が開き声を失った主人公は、病院からの帰り道の炎天下の路上で、奥歯が、ほろり、と抜け落ちる。その時、耳の奥に『歎異抄』の「地獄は一定すみかぞかし」という、誰やらの低い声が鳴り響く。

下咽頭癌になったのは、作家・石和その人であった。石和は、死に向かうそのボロボロの肉体で立ち上がり、命を削って小説を書き上げた。『わが歎異鈔』という著作を残した、念仏者であり布教家であった暁烏敏の激しい人生と、その周りにいた人々の姿を題材にして。

小説のタイトルが、読者である私の耳の奥に鳴り響き、いつしか親鸞の姿に重なる。それは、関東の門徒たちが極楽浄土に往生するための方法を知りたいがために、はるばる京都にいる親鸞を訪ねてきた折に、親鸞が語ったとされる言葉の一部である。

どんなに念仏を唱えようとも地獄に行くのはもう決まっているのだから、念仏を信じようと信じまいとおのおの方の決めることだという言葉には、親鸞という恐るべき念仏者の計り知れない厳しさのようなものが潜んでいるように感じられる。

『荘子 全現代語訳』上・下

荘子著、池田知久訳・解説

講談社学術文庫　二〇一七

志とは「心刺し」ないしは「心指し」で、本来自由な心を一定方向に差し向けることである。コロナ禍は、私たちが抱く志を一徹に貫くことが困難であることを示してくれたのではなかったか。『荘子』を読むと、そんなことに気づく。

『荘子』の「雑篇　漁父」に自分の足跡を嫌い続ける男の話が出ている。走れば走るほど足跡が増え、男は疲れ果てて死んでしまった。行き過ぎた志は、人をがんじがらめにして、危険でさえある。

これに似た話がある。荘子の話が役に立たないという恵子に、荘子が語りかける（「雑篇外物」）。君が立って使っている大地は役に立っているが、それ以外は役に立たないからと言って掘り崩してしまったら、君の立っていた大地はまだ役に立つだろうかと。無用がなければ有用はない。

競争に生き残るために諸子百家が出た春秋戦国時代に、荘子は自他を律する社会的風潮に背を向け、自然な態度で生きる精神を数多くの物語の中に説いた。

私たち現代人は、「新たな日常」という以前の日常の別ヴァージョンを今、ふたたび打ち立てようとしているのかもしれない。そのことを立ち止まって考えてみる上で、老荘思想は多くのヒントに満ちているように思う。

吉村萬壱の五冊

『免疫の意味論』

多田富雄著

青土社　一九九三

ウイルスとの共生を考える上で外せない名著。私のような理系音痴には難しい内容も含まれているが、稀に見る名文なので最後までついていくことができる。免疫系は非自己を自己から排除するシステムであるが、それが決して厳密には機能しておらず自己と非自己は曖昧であること、そして人間の中に住み着いたウイルスや寄生虫、細菌の全てをひっくるめたものが自己であること、しかし自己は固定した存在ではなく自己という行為そのものであることなどが、科学的知見に裏付けられて実に明快に述べられている。

『孤独——新訳』

アンソニー・ストー著、吉野要監修、三上晋之助訳

創元社　一九九九

新型コロナウイルスによって引きこもり生活を余儀なくされ、外から孤独を押し付けられた時に間違いなく一つの慰めとなるであろう本。しかし手放しの孤独礼賛というわけではなく、かなり中立的な立場で書かれている。コロナ禍で鬱々とする日々だが、孤独は神経症ととても親和性があることも分かる。他者と接する生活と切り離された今、普段と違うような何が可能かを考える上で本書は大変示唆的である。孤独を突き詰めた才能の持ち主達の人生に触れる内に、何か自分でも書いたり描いたりしたくならない読者はまずいないに違いない。

『チェルノブイリの祈り——未来の物語』

スベトラーナ・アレクシエービッチ著、松本妙子訳

岩波現代文庫　二〇一一

ノーベル文学賞作家がチェルノブイリ原発事故に遭遇した人々に取材したドキュメント。巨大な悲劇に見舞われた人間が何を感じ、立場に応じてどう動くか、そしてそこに渦巻く絶望、混乱、怒り、悲しみ、諦念、希望、祈りが剝き出しの言葉で生々しく記録されている。大きな災厄に遭った際の人間の祈りは、古今東西を通じて素朴さと力強さという点で共通しているように思う。人間は、自分達の真の望みが実はほんの僅かなものに過ぎないということを、巨大な悲劇が起こった時に初めて思い出すものらしい。社会全体が立ち止まっている今だからこそ、未来を考える上で読んでおきたい一冊。

『自明性の喪失
——分裂病の現象学』

W・ブランケンブルク著、
木村敏・岡本進・島弘嗣共訳

みすず書房　一九七八

睡眠薬自殺を図って入院したアンネ・ラウという女性は、「あたりまえ」が分からないと訴えた。彼女の症例を通して統合失調症の世界を分析した本書は、新型コロナ禍で少なからず「あたりまえ」が揺さぶられている現在、この世界の成り立ちを省察する上で根源的な視座を与えてくれる。アンネには、「ほんのちょっとしたこと」が欠けている。それは「それがなければいきていけないこと」即ち「あたりまえ」の感覚である。我々の日常はこの「自然な自明性」という共通感覚に立脚しているが、それは簡単に崩れてしまう可能性がある。状況によって「あたりまえ」の空気は変わる。今がまさにその時なのではないだろうか。

『コロナ後の世界を生きる――私たちの提言』
村上陽一郎編
岩波新書 二〇二〇

二十四人の識者が新型コロナ後の世界について考察した提言集である。医学、教育、科学、海外居住者、政治、経済、スポーツ、文学、建築、文化人類学など様々な視点から、これからの時代について語られている。これを読むと、自分がどういう分野に関心が薄いかということが逆照射され、その意味でも興味深かった。どの提言にも、社会的弱者に対する切捨てに反対し、ウイルスの前では皆平等であり、ウイルスとの共生を視野に入れたおおらかな眼差しが感じられた。しかし読者は一読後、現時点では決定打は全くないのだという冷厳な事実にも直面しなければならない。

伊藤亜紗の五冊

『ブルシット・ジョブ
――クソどうでもいい仕事の理論』
デヴィッド・グレーバー著、酒井隆史・芳賀達彦・森田和樹訳
岩波書店　二〇二〇

リモート化できた人と、できなかった人。コロナ禍であらわになった問題のひとつは「労働」だった。エッセンシャルワーカーという、危機の中にあってさえリスクを冒して

働いている人々のおかげで日常が成り立っている。そのことを、私たちは身に染みて実感した。元に戻すことが必ずしも正解とは言えない。すべてが宙吊りになったあの時間は、何が本質的で何が本質的でないのかということを、私たちにつきつけた。

人類学者のグレーバーは、「完璧に無意味で、不必要で、有害でもある」のに「意味があって、必要で、有益である」かのように振舞わなければいけない仕事のことを「ブルシット・ジョブ」と呼んだ。なくても済むのに部下を監督するマネージャー職や、リクエストを担当者に回すだけのコーディネーター職。自分の仕事をブルシットだと感じている人の多くは、管理にかかわる仕事についている。こうした仕事は、業務を合理化し、競争に勝つために導入されたはずだったのに。

奇しくもグレーバーは二〇二〇年九月二日に急逝した。働くということは、本来、人を助け、ケアするためのものであった、とグレーバーは説く。過度の数値化によって見失われた相互扶助とケアの価値。グレーバーが遺したものの意味を深く考えたい。

「コロナ禍と〝クソどうでもいい仕事〟について」

ブレイディみかこ、栗原康著

「文學界」二〇二〇年十月号
文藝春秋

グレーバーの本を手がかりに、コロナ禍の労働をめぐってなされた対談。ブレイディは、彼女が英国ブライトンで目にした光景について話す。曰く、お年寄りや自主隔離に入った人に食料品を届けるネットワークを作るために、自分の連絡先を書いたチラシを自宅の壁に貼ったり、隣人のポストに入れて回ったりしていた人がいたという。

これはアナキズムだ、とブレイディは言う。アナキズムというとすべてを破壊するというイメージがあるが、実はそれだけではなく、相互扶助という側面も持っている。政府のコントロールが追いついていないところで、みんながとりあえずできることをするために立ち上がる。ポイントは、「できることをとりあえずやる」という点だろう。「人のために」と思ってやることは、結局相手を支配することになり、相手のためにはならない。自分の行為の評価は事後的にしか分からないのであって、その前提で行為するという意味で、ケアとは本質的にアナーキーな営みである。「利他的にふるまうことが結局自分のためになる」式の通り一遍の議論とは一線を画す、重要な視点である。

『飼いならす――世界を変えた10種の動植物』

アリス・ロバーツ著、斉藤隆央訳

明石書店　二〇二〇年

リレーエッセイでも話題になっていた人間と他の種の関係。本書は、イヌ、コムギ、ウシ、トウモロコシなど十種類の動植物について、それがどのようにして人間によって飼育栽培されるようになったのか、最新の研究にもとづいてその壮大な歴史を描き出す。

間違っても「野生の動植物を人間がうまいこと手懐けて利用するようになった」などと思ってはいけない。それは異なる種のあいだの偶然に満ちた相互依存のプロセスである。いや場合によっては、飼いならされているのは人間のほうかもしれない。たとえばイヌの祖先であるオオカミは、食べかすを漁るために人間の近くをうろつくようになったが、オオカミがいれば他の動物を遠ざけることができるので、人間もそれを容認するようになった可能性があると言う。重要なのは、オオカミがイヌになったように、人間もまた、他の種と共存することによって、その性質を変えていったということである。「飼いならす」とは、異なる種と共進化することである。種は混じり合い、絶えず流転している。

「世界の表面の人間の痕跡」

ジュディス・バトラー著、清水知子訳・解題

「現代思想」二〇二〇年八月号 青土社

COVID-19の登場は、人々の接触に対する意識を大きく変えた。レジや受付の前には透明のカーテンが設置され、お釣りは手渡しではなくトレイに置いて間接的に渡される。宅急便が届けば、配達員との接触を最小限にしながら、受け取った荷物がどのような人々の手にふれてここまでやってきたのかを意識してしまう。

かつてマルクスは、商品形態のなかに人間の労働の痕跡が消えゆくと論じた。しかし、とバトラーは言う。今や私たちは、モノの表面に労働の痕跡が残っていることを、否応なく意識しながら生活している。他人の労働の痕跡が、自分が覚悟しなければならないリスクの量に反転する世界。世界の表面が私たちを結びつけている、とバトラーは言う。ウ

イルスが示したのは、インターネットとは別の仕方で、私たちの体がグローバルな接触のネットワークに組み込まれているということだった。表面をめぐる感性のわずかな変化に、人と人、人とモノの根本的な変化の様相が見えてくる。

『風の谷のナウシカ』全七巻
宮崎駿著
徳間書店 一九八三－一九九四年

三月、移動が制限されたことによって、かえって外国もとなり町も等距離であるような錯覚を覚えた。衝動的にボストンに住む知人と連絡を取り、その後宅急便を送った。その中身のひとつが、この『風の谷のナウシカ』(ただし送ったのは英語版)だった。友人はウイルス、細菌、動物など異種の生物との共生をテーマに展覧会を準備していて、南方熊楠の仕事に関心を持っているようだったので、それならぜひこれを、と思って送ったのだった。その後、別の企画もあって、あらためて全巻を読み直した。マスクをしなければ外出できない世界、生き物たちがそれまでの住処を離れて「引っ越し」をしている状況、問い直される科学技術と人間の関係……この作品に描かれているいくつもの点が、コロナ禍の現在とシンクロしていた。再読して強く感じたのは、ナウシカが類稀なる聞き上手だということだ。誰もが異形の蟲たちをコントロールしようとする中で、彼女だけが蟲の言葉を聴こうとしている。支配するのではなくケアしようとするリーダーの姿に圧倒された。

奥野克巳（おくの・かつみ）

1962年生まれ。立教大学異文化コミュニケーション学部教授。20歳でメキシコ・シエラマドレ山脈先住民テペワノの村に滞在し、バングラデシュで上座部仏教の僧となり、トルコのクルディスタンを旅し、インドネシアを１年間経巡った後に文化人類学を専攻。1994〜95年に東南アジア・ボルネオ島焼畑民カリスのシャーマニズムと呪術の調査研究、2006年以降、同島の狩猟民プナンとともに学んでいる。著作に、『モノも石も死者も生きている世界の民から人類学者が教わったこと』、『ありがとうもごめんなさいもいらない森の民と暮らして人類学者が考えたこと』（以上、亜紀書房）、『マンガ人類学講義』（日本実業出版社）など多数。

吉村萬壱（よしむら・まんいち）

1961年愛媛県生まれ、大阪府育ち。1997年、「国営巨大浴場の午後」で京都大学新聞新人文学賞受賞。2001年、『クチュクチュバーン』で文學界新人賞受賞。2003年、『ハリガネムシ』で芥川賞受賞。2016年、『臣女』で島清恋愛文学賞受賞。 最新作に『流卵』（河出書房新社）。

伊藤亜紗（いとう・あさ）

1979年生まれ。東京工業大学科学技術創成研究院未来の人類研究センター、リベラルアーツ研究教育院准教授。専門は美学、現代アート。もともと生物学者を目指していたが、大学3年次より文転。2010年に東京大学大学院人文社会系研究科基礎文化研究専攻美学芸術学専門分野博士課程を単位取得のうえ退学。同年、博士号を取得（文学）。主な著作に『手の倫理』（講談社選書メチエ）、『目の見えない人は世界をどう見ているのか』（光文社新書）、『どもる体』（医学書院）、『記憶する体』（春秋社）など。WIRED Audi INNOVATION AWARD 2017、第13回（池田晶子記念）わたくし、つまり Nobody 賞（2020年）受賞。

ひび割れた日常

2020年12月4日　初版第1刷発行

著者
奥野克巳・吉村萬壱・伊藤亜紗

発行者
株式会社亜紀書房

101-0051
東京都千代田区神田神保町1-32
03-5280-0261
http://www.akishobo.com
振替 00100-9-144037

印刷
株式会社トライ

http://www.try-sky.com

写真
takashi365days / PIXTA

装丁・DTP
たけなみゆうこ（コトモモ社）

本書は、亜紀書房ウェブマガジン「あき地」に、二〇二〇年五月～九月に連載された第一部に、書き下ろしの第二部と「ブックガイド」を加えてまとめたものです。

各エッセイのタイトル下に付された日付は、執筆の日時を示します。

奥野克巳の本

最新刊

モノも石も死者も生きている世界の民から人類学者が教わったこと

「こんまり」「ナウシカ」、熱帯の狩猟民、ベルクソン、西田幾多郎……大胆な解釈とフィールドワークを縦横に織り合わせて、「人間だけが主人」の世界からの脱出口を探る。

ありがとうもごめんなさいもいらない森の民と暮らして人類学者が考えたこと

ボルネオ島の狩猟採集民「プナン」とのフィールドワークから見えてきたこと。豊かさ、自由、幸せとは何かを根っこから問い直す、刺激に満ちた人類学エッセイ。